言葉にならない心

王たろう
Wan Tarou

文芸社

序

　この本に出てくる少年たちは、みな高校生（十五歳〜十八歳）です。
　先生の首や頭を抱えて「おんぶー」とか「ごはんー」とか……
「えー、高校生なんでしょ」と思われるかもしれません。
　でも彼らは間違いなくいろいろな考え、思い、嗜好を持った高校生なのです。
　ただ、手足が不自由とか、言葉がうまく出ない言えないという中で、私たちの思いの及ばないほどのストレスを抱えたり悩んだりしています。
　それでもキラッと見せる表情、目の動き、行動の中で、自己をはっきり主張しています。
　障害があってもなくても、高校生はまだ、自分をうまく語れず、相手に自分の思いを伝えきれない、分かってもらえないというストレスを抱えていることは、多々見受けることではないでしょうか。
　ひょっとすると私たち大人でさえ、自己をきちんと把握し他に伝えることはできていないこともあると思います。
　私は彼らから生きることの深い思い、すばらしさ、命の輝きを感じました。彼らとのつながりの中で、人間というものを見つめ直すことができたと思うのです。
　この本の中での少年たちの見せた悩みや葛藤と、その一方での優しさ、純粋さを感じていただけたら幸いです。

おかあさん

子どもたちにとって　よりどころは　おかあさん
お母さんにとっても　子どもは　支え……宝……

でも　不登校にしても　不慮の事故にしても　なんにしても
心配事を　背負い込むのはおかあさんだけ？

あかちゃん　生まれましたよ
天国にも昇る気持ち　やったー　という気持ち
それが……

障害を持つ子のおかあさん
告知を聞いたとき　真っ白になって
どうやって帰ってきたかわからない
ただ　その瞬間だけは　忘れない
この子を抱いて　いつの間にか　海に来ていた
言いたいことは　思いはいっぱいあった　でも言えなかった
と　思い切り泣いて　笑顔を取り戻したおかあさん

もう泣くだけ泣いたから　涙はありません
前に行くだけです　と言うおかあさん

元気でさえいてくれたら……このことばの　本当の意味

おかあさんは　毎朝　夢を見る
この子が　立ってる　話しかけてくる

「おはよう　お母さん」
でも　横に寝ている我が子は　昨日と同じ

この子だから　高等部の卒業証書がほしいんです
と　泣いた　お母さん
この子にも　高校卒業としてあげたい……それだけですと

お母さんたちの輪が　私たちを母親同士を支えているんです
でも　話していると　同じ障害を持つ子のお母さんと話しているんですよね
同じ障害っていっても　なんかレベルがあるようで

おかあさんと　全くおんなじ気持ちには　なりきれないけど
共に歩けたらいいですね

子どもたちと共感できる私たちでありたい
私たちは子どもたちを伸ばしているのではなく
伸ばしてもらっているのは私たち自身なのですから

言葉にならない心
― 目　次 ―

I
重症の子
7

II
てんかんと他障害を併せ持つ子
51

III
自閉症といわれる子どもたち
91

IV
ダウン症なのか　楽しい子
119

V
場面緘黙の子　イメージの世界
153

I

重症の子

よっちゃんは低酸素で生まれて何かと不自由な日々を過ごしています。でもお母さんとドライブしてヘイヘイゴーゴーが大好きです。これはよっちゃんが直接話したことではありません。私の感情論でしょう。でも一つだけ、これはすべて心拍数を測り、表情を見比べ、息づかいなど一応のデータに基づいた……感情論です

出会い

中2の時　新しい先生が来た
中1の時　入学式の時
びっくりして泣いちゃった
その前　小学生の時
給食室で　みんながわいわい言うと
それもいやで
泣いちゃった
そんな僕が　中2の時　先生と会ったんだ
せっかく前の先生と仲良くなったのに

あんた　だれ？
どうして　あんたが　そばにいるの
ちょっと　ちょっと
教室もちがうよ
あれ　あれ　どこに行っちゃうの
あれ　あれ　あれ〜　体育館？
何すんの？
あ〜　始業式ね

友達がたくさんいて
ざわざわするけど
何となくだいじょうぶみたい
今度の先生も　こわくないみたい
でも　僕と　どう話していいのか
車いすを　どう押したらいいのか

とまどってる？

でも　前の先生が
泣くかも……
なんていってるみたいだけど
泣かないもんね
こんどは　この先生とやっていくのか
なんてことくらいわかっているさ
それに　もう中２だし
こわそうでもないし

僕のパンツ

でも　僕のパンツ　かえるのには
まいってるね

僕の　股関節は　手術の跡で
ひっこんじゃってるんだ
だから　パンツの　ギャザーを
ピッとたてて　おちんちんの
位置が　重要なんだな

これを　ちゃんとやってくんないと
おしっこもれちゃうよ
こまるよ〜　あんた
そりゃ　僕だって
きもちわるいさ
でも　おしっこでたよって

いえない

わかってほしいんだ
僕の表情やしぐさで

僕の体温

あついよ　さむいよ
ぼくは　外の温度で
体温がかわってしまう
うまく体温調節はできないらしいんだ

さむいときは　毛布で　まいて
あついときは
ブルースリー状態
クーラーは必需品だけど
暖房は　背中に　あせかいちゃって
寝返りうてないし

先生が　ふいてくれたり
シャツを　かえてくれると
超　気持ちいい
かあちゃんが　汗ふきシート　もたせてくれた
これがきもちいいんだ
はじめは　ぞくっと　するけどね

あついとき　最高なのは
やっぱり　プールだね
ぷ〜か　ぷ〜か
わきをひっぱってもらって
無重力状態
せなかや　腰に　負担もかからないし

ひゃっこ～
でも　ながくは　はいってられない
ぼくはなかなか太らなくて
皮下脂肪がほとんどない
だから　水温が　骨にしみちゃうぜ
で　とっとと　あがっちゃう

このとき　からだをふいてもらってるときが
ほんとに気持ちいい
からだが　ひゃっこー
このまま　お肌さらさらならいいけど
じきに　なつのあつさが……

俺は　もえてるぜ
なんてきぶんには　なれないな

音

ぼくは　おもしろいフレーズ
とくに　コマーシャルソングで
リズム感のいいやつのフレーズが好きなんだ
でも　みんなこればっかり　いうんだ
それもいいけど

かあちゃんが　車の中でかけてくれる
うたも　おぼえていて
ノリノリってこともあるよ
でも　あんまり　ノリノリな曲はないな

ごはんのとき
しょっぱいものがでて
「しょっぺしょっぺ」
っておもしろくない？
ちょっとした　僕のマイブームになった

マイブームと言えば
「よっちゃーん、うん」もよかったね
うんこでた？「うん」から　はじまってね
"きゃはは"とわらうと
先生が喜ぶから
たのしいんだよね〜

声

ことばは　うまく出ないけど
声は出るんだ
がー　あー　うっくん　うきゃー

ときどき　うん　とか　はい　って言える時もあるけど
気持ちいいとか
パンツ交換とか　まんぷく　おいしいとか
期待してるとか
声が出るんだ

「散歩いこうか」なんていわれたら
気分最高！
やっぱ　散歩最高！

でも　最高の期待、予測は
帰る前に決まってんじゃん
かあちゃん早く帰るぞ
車に乗るぞ　ドライブだ

足音や声もしっかり覚えているよ
声かけてくれ〜
遊んでくれ〜
くすぐってくれ〜
ごろんごろん　ゆさぶってくれ〜

近寄ってきた
姿は見えなくても
廊下のむこうから
わかってんだ
すごいだろ

目と顔をむけて
うったえるんだ

するとお話ですかーって
よってきて
となりにすわって　話しかけてくる

くすぐって！　キャー

動くんだけどね〜

からだは　うまく　動かないし
声は出るんだけど　"話"にはなっていないらしい
右手　左手　右足　左足
目で見ると　何かある　感覚はあるよ
でも動かしてみようとすると
いっぺんに動いてしまって
つっぱったようになってしまう

うーん

手は長い間グーのままだった
夏になると　手のひらがあせかいて
皮がむけちゃうんだ
食べるのも　飲み込むのもたいへんだ
あむあむ　かみかみって　思ってるんだけど
ごっくん
むせちゃうこともしばしば

最近は調子いいけどね
車椅子にのって移動するから
話しかける人は　僕のあたまのうしろから
声をかけるんだ

だから　自然と天井を向いたようになってしまう
ずーっとそうだから

首が後ろにそったように
目がひっくり返ったようになっちゃうけど

それで
前見て　目をこっちって　急に言われたって
なー　こまっちゃうよ
でも　ちゃんと向いてあげるんだ

それから　１年過ぎて　背中まがっちゃって

また　あの先生がいた
「ひさしぶり〜」だって
毎日会ってんのに
なにいってんだ

それに高校生になったんだ
だから「僕」は「俺」に　へんこうさ
ただ大事件があったんだ
この１年間のうちに
成長期になったのか
背中がまがっちゃって

いままでは
半分　おきあがりみたいに　顔・肩まであげて
まさに　ブルースリー状態の腹筋だったのに
できなくなっちゃった

かあちゃんは　悲しむし
僕自身　車いすがあわなくなって
換えたんだけど
ながくすわっていると
きつくて
きんちょうして　つっぱって
ふるえはじめて　もうだめ
かんべんして〜

僕の思ってること

周りで何が起こっているか
僕になにをさせようとしているか
だいたいわかってんだ
周りの人の名前もわかってるし
好きな人　嫌いな人
楽しいこと　つまんないこと

いっしょうけんめい　つたえてんだけど
わーかってんのかな？　わーかんねえんだろうな
よっちゃんなんて、ガキじゃねえちゅうの
でも笑顔で返すんだよ
よろこんでくれるからね

でも　だからといって僕もうれしいって
変に　よろこんでもらっても困るんだよね
僕が笑っている時
声を上げてきゃーと言っている時
「そんなにたのしいの」っていう人いるけど
そこまで　興奮してる訳じゃないよ
楽しくないかっていったら　楽しいけど
つぎに　起こることが　たのしみなんだ
だから　今はいたって平静

散　歩

車椅子に乗って
少しくらい寒くたって大丈夫
先生は　こごえて
寒い寒いを連発しているけど……

周りの風景を見て
人と会うのがいいな
「空が青いね」とか
「車がいっぱいね」とか
あんまり興味ない

知らないだろうけど
まわりの人の名前は　けっこうおぼえているんだ
昔の担任とか
好みの散歩コースとか

かあちゃんと車に乗って流れる
車窓の風景は最高さ
いろんなものみて
車のガタガタ　車椅子のガタガタ
車に乗って　車椅子に乗って　動いて回る
のせてもらったり　押してもらったりはあるけど
僕は　自由だ
行きたいところにいける
でも先生が勘違いして

つまんないところに連れて行かれることもある
おもいっきり　つまんねー

でも　この　つまんねーが　わかってくれないんだな
さんぽもだけど
授業がさ……
さーっぱりつまんないこともあるのよ

もともと運動好きなんだ

おおきな　風船ボールをぽーんと投げられると
おもいきり　手を伸ばして　打ち返すんだ
うまくいったときは　そりゃ　たのしいよ
お手玉を投げるのも　いいね

でも　指を放すタイミングが　もうすこしなんだ
練習すればできるよ　きっと
手足リラックス体操もうまくなったし
「手を下にして」とか
「足曲げて」とか　いわれるだけで
できるようになったし

そのあとの　トランポリン
大きなたまに　うつぶせで
ごろんごろん
背中を後ろにそらして
キャー

車いすに乗るときは
しっかり　いすの角度に体を曲げる
「すごいねー」なんていわれるけど
さほどでもない　フン
だっこで　ぶんぶん振られるのも　スリルがあっていいね

青春してる

散歩して　勉強もやってるよ
ちゃんと集中して　じっと見て
線を引いたり
シールを貼ったり
太鼓たたいたり
音を出してあそんだり
リハビリ体操をしたり
運動したり

僕は　不自由なこともあるけど
ちゃんと　考えているし
まわりのこともみえている
感じるし　自分の気持ちを表している
先生を元気づけてやったりしてるしね

学校ではこうだけど
家ではかあちゃんに
逆らいまくり
怒りまくり
家と学校は違うんだ
公私の別ってやつよ
へへへー　しっかり　高校生　青春してる

ことばらしく

朝　お母さんが帰る時
バイバイって言ってたけど
「さよなら」になった
なんかへんだなって
「いってきます」になった
手を振るのはかわんないけど

お母さんが言ってくれたんだ
もう高校生だから　それらしいことばにしてくださいって
学校に来たとき、帰るとき、
お母さんや先生に
「バイバイ」って
なんかへんだなって
だから来たときはお母さんに
「いってきまーす」
帰るときは
「じゃねーさよならー」
になったんだ

で　さっきみたいに
まわりがかけることばが変わるんだけど
全部わかってるよ
知らなかっただろう
だから　わかってねーだろーなーって言ったのさ
ほかにもあるよ

車椅子に長く乗ってるのは　つらい
それで　頭が重いなーと　かくっと肩にのせたようになるんだ

むかしは　「あたま　よいしょ」
なーんてガキみたいに言われてたけど
「頭まっすぐ」「姿勢がわるいなー」
って言われたって　ちゃんとまっすぐにするよ

みんなびっくりしてんの
僕がわかんないとおもってんだよね
ばかにしちゃいけない
ちゃーんとインプットしてんだよ
ほかにも知りたかったら
ためしてみな

手と指が動くんだ

手をグーにしてたんだけど　手の力が抜けるようになったんだ
だから　いまは　両手　両足
少しずつ感覚がつかめてきたみたい
ピッと押すと　音楽が鳴るおもちゃがあるんだけど
今まではグーだったんだ
でも　今は　指先で　ピッと　できるんだ
でも　わざとグーで　押してるんだ
すると　指先ピッでしょ　というやつがいて
これをからかうのが楽しいんだ
グーでピッ　へへへー

両手をあわせて　もみもみしてると　自然と力が抜ける
これを始めさせたのも　先生なんだけど
先生がいない時　ひまだなーと
もみもみしてると
帰ってきて　やたら興奮して
「すげーじゃん、もう一回して」なんていうんだ
見せてなんかやんねーよ
こんなして　先生をからかって　へへーとわらってるのが
いいねー

でも　先生　ときどき　ぐったりして
となりにすわって　かなしそうにしてんだ
だから　すこしだけ　笑ってあげるのさ
すると　「気にしてくれんのかー」

なんて　感激するもんだから
腕とか　さすさす　してやるんだ
そしたら　もう　感激頂点ってなもんで
「大好き」って　むぎゅう　するんだ
僕も　むぎゅうは　きらいじゃないから
きゃはは　と　大きな声でわらう
ふたりで　大きな声で笑うんだ

先生が　少し元気になって
「お茶のむ？」って聞くから
あたりまえじゃん　と　思いながら
大きな口を開けて
お茶ですよ〜

線を引こう

指がゆるゆる　ふわふわ　になって
スイッチを押したり
クリスマスカードをめくったり
ボンド付けを　ピッとしたりできるようになった
フェルトペンをグー握りじゃなくて
指をそえてもてるんだ
紙を持ってもらってて

はじめは手を添えてもらって
書いていたけど
それは　僕の自尊心が許さない
ある程度　紙とのきょりがわかるようになったら
自分で書くんだ
真剣ですよ
じっとみて
書きたいときは　フェルトペンをはなさない
こりゃ　もういい　と思ったら
フェルトペンを渡す　手をゆるめるんだ
ときには　あいつに　ぽいって　やっちゃう
「あー顔にフェルトペンが〜」とか　さわいでいるよ
ヘヘヘ〜

僕は　練習して　できるようになったら
手を添えられるのは嫌いだ
それに　好きな色にも気づいて欲しいね

ピンクと水色
明るい色が好きだな
書くことはけっこうたのしいのさ
運動の方がいいけど……ね

あいさつ

朝　学校ついたら
先生が待っている
笑顔で返すんだよ
車から降りるとき　先生が抱えやすいように
足を曲げてね
車いすにセッティングOK

かあちゃんと先生が話してる
"もーいくよ！"ってじたばた
先生が　ハイハイじゃねーって
それで　かあちゃんが帰るとき
ぼくはバイバイって手をふる
いってきまーすってね

それから　学校内に入って
元気よく　右手を挙げて
「キャッホー」
「うきゃー」

はじめは手を"のばして"も
"バイバイ"も
つっぱってんのか　あいさつなのか
ってかんじだったけど
今は手も曲がって
ちゃんとふって

みんなわかる
おはよ——　みんなおはよ——
「あら　よっちゃん　おはよー」
みんなわかるから
「キャ——　ハハハ……」
またがんばる
だいぶうまくなったよ

リラックスと反抗

リラックスがうまくなって
作業がうまくなって
ほめられるとうれしいし
できあがりをみて
まんぞくするのもいいもんだ
えっへっへ
なんて　気分だな

でも　いすに座ってるの
つかれちゃうんだ
で　右側にカックン
先生はあわてて
かえろうねと　教室から連れ出す
ただかえるのもつまんないから
散歩もすこしつけてね
えへっ

教室に帰って
背筋を伸ばして
茶をのむ
つばっていうか　痰みたいな
ねばねばがたまって気持ち悪いんだ
ごっくんしてね
と先生がいうので
えへへへ

とわらっている
してねといわれて
すなおに　そうするもんか！　なんてね
でも　結局　ごっくんするけどね
すなおでしょ

でもね
顔とか　いじくられるの
大嫌いなんだ
かあちゃんが
皮がむけてる　だの
目あかがついてる　だの
はなくそが……だの
拭きたがるけど
徹底的に　反抗してやる

家では
歯磨きだって
着替えだって
帰るときだって
遠回りをしてたっぷりドライブしないと
納得しない
納得しないと　大泣きしてさわいでやる
車に乗るよ　とか
車いすに座るよ　とか
言われたって
体をピーンとのばして
てこずらせて

えっへっへ
反抗してんだ

このあいだは
歯磨きの時　かあちゃんにぶたれた
まいったね
逃げられないからね
すえもののうちだぞ
なんてひきょうな
でも　いたかったから
それから　ちょっと　すなおになったりして
ううう　無念

学校でも
最近は反抗というか
先生をからかってやるんだ
車いすに　足を止めるベルトがあるんだけど
足曲げて　なんていったって
逆に伸ばしてやったりする
むりやり　まげようとは　しないから
頃合いをみて　ひょいとまげてやる
からかってんの？
なんて　あったりまえよ

うんこがでないときって
苦しくて　じたばたする
散歩に行きたいのに
気づかないから

実力行使であばれてやる
さんぽなの？
そーですよ　さんぽですよ　わかんねーのかよ
で　さんぽ　キャー

でも　まだ満足してないのに
帰ろうか　寒いよ
なにいってんの　まだまだ
お散歩テーマ
"フンフンフンフン　フンフンフーン〜"
を口ずさんで
あっちいって　こっちいって

俺がいいって言うまで回れよ
でもキャーキャー言ってると
のど渇くので
お茶飲む？
ちくしょう　しかたない　お茶だ
帰ろう
もっと　もっと　あそんであげるからね
えへへへ

お仕事

今僕には　僕の仕事ってものがあるんだ
朝　学校来て
とりあえず　ベッドで　背筋を伸ばして
ひとしきりお茶を飲んで
ゆっくりして
体温を測って
もう少しゆっくりしたら
健康観察を持っていくんだ
保健室まで　散歩気分だけど

はじめは
　"手を出して"
　"指をゆるめて"
　"ひもをもって"
　"ぎゅっとにぎって"
とか言われていたけど
いまじゃ　さっと手を出して
ひもをもって
指の握りは今一歩だけどね

そして保健室でも
さっと　差し出して
指をゆるめて　渡すんだ
保健室の先生の　名前も知ってる
僕の先生は　知らなかったらしいけど

へへへん　一歩リード
保健室の先生に会えるのも　ちょっと　楽しいし
今日も仕事完了
帰りに　バイバイって　手を振ってね
やったぜーといって　帰る時の気分は最高さ

ときどき　モップかけをするんだ
手を開いたり　握ったり　差し出したり

ぞうきんでいすを拭いたりもあったな
慣れないときなんて　力入って
全身でふいてるって　かんじになるけど
なれてくると　サワサワのかんじで
ふけるんだ

歯磨き

家では歯磨きの時
歯ブラシをかんでおこられるけど
学校では　しないんだな
ときどき　するけど

先生が　歯磨きじょうずかな　あー
なんていいながら
歯ブラシとコップを持ってくる
俺は口を大きく開けて待ってるのさ
えらいやろ

上の歯〜下の歯〜なんて
がきじゃねえぞ
でも歯磨きは　協力的
うん　えらい　俺ってば！

先生が次に歯を磨く
おもしろいね　歯磨きをみてるの
俺　おわったよ〜ん
って　いっしょに　口を開けて
キャハハ
家と学校で態度が違うのは
青春の証だ　なんてね

真剣さ

作業ってのもあるんだけど
僕の役目も決まってきて　やる気満々
柔らかくなった手で　できることもふえたんだ
指先をやわらかくして

えんぴつたてとか
クリップとかボンド付けして
カスタネットの板磨きなんかもやったよ

つるつるじゃん　なんて言ってくれると
"やってるぜ　僕ってばっ"て　気になるね
できあがると　やつが
「ほら　できたね」ってみせてくれる
うれしくなるね
やったーって気になる

こんど　ねんどこねこねをしたんだ
そのせいか親指が自然と開くようになって
あいつ感激して　写真撮ってやんの
ふっふっふ
角度はこっちからねー

先読み

予測というか
何回かやってると
次にすることが
わかってくるんだな
だいぶ手も動くようになったし
指も柔らかくなった

今まで　親指は
しっかり中指と薬指の間に
入り込んでいたけど
健康観察のひもを持つせいか
親指も普通にでてきた
意識すると力が入ってしまうけど
自然体でいると力が抜けるんだな

なぜかは　知らんけどね

たとえば予測っていうのは
通路を通るとき　僕の学校はもともと
車いすが通れるように
大きくドアが作られてないんだな
だから　手を挙げてると
ドアの角で　こすってしまう
あいつが　いつも　ひょいと僕の手を
内側に寄せていたんだな

でも　そう何回も　いつまでも
あいつに手は出させない
自分で　ひっこめてやるんだ
ひっこめてみたり
膝にそろえたり

足もぴーんと伸ばしているから
「あし」なんていうから
逆に伸ばしてやったりするけど
わかってるんだ
ひょいと引っ込めて通れるように

だから　自分の気分で
ドアの角に手を伸ばして
ゆっくり　前に出して　はずしたり
はじめから　ひっこめたり
それは　自由だろ
俺の気分ってもんだ

給食の時
車いすにテーブルをつけるんだけど
そのときも
テーブルを載せる棒を倒すとき
テーブルを載せるとき
自分で手を伸ばして
棒が肩や腕にあたんないように
ぴったり　どっすーんと
テーブルがはまるように

肩や腕をすぼめたりするんだ
あいつ　感激してるね
ただ　エプロンつけるぞ　と言って
「頭あげてね」
あれ　いやなんだな
がまんして
首をゆるめるから
いいねーなんて言ってるけど
あれしてこれして
なんていわれて
はいはい　なんて　うごくもんか

僕の世界

僕の世界に
勝手に　入り込んで　ほしくないね
指の力が抜け始めたら
手も何となく動くようになって

あいつが
「つないで」
というから　右手　左手って
つないでやった
大喜びしてたね
それをみて　僕は　わらってたね
これでも気をつかってんだ

僕の中で　音の出るおもちゃをならしたり
しゃべったり
ぼんやりしたり
はらへったなーとか
のどかわいてんだよとか
ゆびをそっとのばして　音を鳴らしてみたり
見られないところで
僕なりに楽しんでいるんだ

僕の世界にはいっちゃだめ

青年の主張

反抗って訳じゃないけど
僕には僕の世界があって
僕には僕の考えがある
してほしいこと
してほしくないこと

最近 「うん」っていうことが増えた
お茶ほしい人
おしっこした人
パンツ替える人
遊んでほしい人
散歩したい人
ご飯食べる人
大きな口で もりもり食べる人
なんて 聞くんだよね
きちんと 手上げたり
口を大きく開けたり

でも最近は 「うん」ってことが増えた
「はい」も 2、3回言えたかな
好きな人が通ると 「うん うん」 といって
"こっち見てよ〜" っていってるんだけど
気づかないな
残念 ずっと 目で追っているのに

でも　してほしくないこと
気分が悪いとき
じたばたしてるとき
ご飯がおいしくないとき
酸っぱいのは嫌いだ
顔をいじくられたり
ちんちんの向きを　いじくられたり

なんかしてほしくないことを
黙ってるからって
めちゃくちゃしてんじゃないの

冗談じゃない
僕は　幼児じゃない
しっかり　意志を持った
次のことも予測できる
15歳なんだ
しっかり　青春してんだ
考えてるんだ
わかってないのは
そっちだろ

だから　反抗してやる
歯磨きの時は　歯ブラシをかむ
手を引っ込めて　といわれれば　出す
無理矢理　まだ口の中に　ご飯が残っているのに
次のご飯
吹いてやる　ぷっぷっ

遊んで　散歩してって　いってんのに
気づかないなら
暴れてやる

みんなだってそうでしょ
僕なりにこうだって　いってんのに
違うことばかり　言われたり　されたり
反抗すんぞ
暴れてやんど

反抗とは違うけど
あいつの思ってる　裏をかいた行動
あれ　そうなの？
と言わせるのは　たのしいね
「キャー」ってね
その次また　裏かいてね
からかってやる

青年は主張しているんだ
聞け

ぼくの大事と一人あそび

睡眠・ご飯・うんこ　とっても基本
ゆうべ　ねてない
うんこがでてない
おしっこしたいのに
おちんちんが　まがって
うまくでない……

もー　イライラ　不満は頂点
からだが　ピーンとのびて
力入りっぱなしで　ひきつけ〜
しまいには　泣いちゃうよ
もう　やだ　僕の身にもなってくれ

そんなとき
あいつが　両手を合わせて　すりすりした
妙に　ちからがぬけて
それまで　グー　ばっかりだったけど
力がぬけた　抜けるのがわかった　自分でも

誰もみてないなと思うと
もみもみ　すりすりしてんだ
そのとき　自分語でしゃべってんだけど
みんなわかんないから
だれか見てるっておもうと
やめちゃうのさ　へへっ

I　重症の子

おさかなつり

よっちゃんが　唯一　すきな　音の出るおもちゃがあります
指先で　ピッとします
グーでもします
でも先生に　見せたいときがあって　指先でします
あんなこんなで　グーだった指　力んでた体　手が
すこし　思うように　動くようになりました

よっちゃん　おさかな　あーん
うるせえな
指　パクか？
うーん　指を伸ばしてっと

はじめはいいのですが　やっぱり　何かしようとすると　力が
入ります
よっちゃん　力ぬいてー

わかってるよ
うーん
先生の口は？
"よっしゃ"
口の中に　ゆびを　すぽっ

先生が　パクパク

くすぐったいぜ　でも……いいぜ

もう一回　また　また
きゃー　楽しいぜ
何回でもやるぞー

それと　よっちゃん
隣を好きな人が通ると
「うん」「あー」と声をかけるようになったね
"気づいてよ"　"遊ぼうよ"　"声かけてよ"

よっちゃんの世界　広がったね
よっちゃん　成長したね
よっちゃんのおかげで　先生も　少し　成長できたかな

万感の思いで　ありがとう

II

てんかんと他障害を併せ持つ子

一人で過ごすことが多かった子が、友達と仲良く話し、好き嫌いを克服し食欲旺盛、元気いっぱいになりました。そうなるまでに身近な人との関係、安定した感情、そして自分の役割・存在感といったバックボーンの形成がいかに大切かを教えてくれました。

ひろくんは……

ひろくんは　はずかしがりです
独り言を言います
ひとりになって　あちこち行ったり
あまり動かず　図鑑や　カードを見たりします

がんこなところがあっていやになっちゃうと
困ったことをします
でもそれは　ひろくんの　精一杯の　サインなのです

ごめんねは　いえません
だって　ひろくんは　わるくないのですから
わかってくれない　周りがいけないのです

"○○したよ"
というフレーズで　何かを訴えようとします
でも意図はなかなか通じません
ひろくんはいつも伏し目がちです
ひろくんは耐えていたのです
つらかったのです

そんなひろくんが心を少しだけ開いてくれた
たった1年の記録ですが
ひろくんはたくさんのことを教えてくれました

げんきかな？

ひろくんの　楽しみ

かっぱ何とか…って歌があった
これが大好きで　みんなで歌うと　たのしー
ともちゃんが　一緒に歌ってくれるから
もう　ノリノリモード

でもね
ひとりで　たそがれるのも
ぼくの　大切な時間
ノリノリや　アーンの給食もいいけど
外階段の踊り場で　一人遠くを見ていて
ポーッとしているのも　いいんだ

何考えてんの？
そんなこと知るもんか
ぼくにだって　一人でいたいときだってあるんだ
さびしいことも　つらいことも　がまんしていることも
たくさんあるんだ

頭をゴンするんじゃなくて
一人　たたずんで　考えてる……なんだろ？
自分でもよくわかんない

そんなことない？

あまえんちゃん

ひろくんはとってもはずかしがり
でも　とってもがんこ
いやといったら
すわりこんでも
いや

きがえるの
学校にきたら
じゃじゃジャージ

制服のままでいいよ
作業着にしてね
ちがうよ
学校は　じゃじゃジャージなんだ

そんな　ひろくんが　あまえんちゃんになるには
長い時間がかかったのだ

ひろくんは好き嫌い多くて
適当に持ち上げられて
おっ　えらい
とかいわれて　食べてたけど
そんなんじゃないんだ
かまってほしいの

そのきっかけは給食当番だった
お汁をつぐ練習をしたら
一人でできるようになった
量もだいたいわかってきた
すごいね
ふっくんが言ってくれた
お汁をつぐのは　ぼくの仕事

それまでは　準備ができるまで座って待ってるだけ

ひろくんは絵カードと子ども向け辞典が大好き
絵を見てなまえを言ってる
あってることもあるし　あってないこともある
そんなことはどうでもいい
となりにいて　いっしょに見て　話してくれる人
からあげが　ハンバーグでも
バラが　チューリップでも　パンジーでも
食べ物、花
しっかり分けてるでしょ
わかってんだから
細かいこと……大正解
そればかりにこだわってちゃ
ビッグな大人になれないぜ

スキンシップはとっても大事
それは　まず　楽しい食事
しっかりお話をして
ふれあって

II　てんかんと他障害を併せ持つ子

食事は　あ〜ん
もちろんとなりにすわってなくっちゃ

ひろくんが　あ〜ん
先生も　あ〜ん

でも　はじめ　となりじゃなかったんだよね
ひろくん　一生懸命　目でうったえてるのに

あせりまくり　ひろくん
ひろくんが　流し込むように食べて

ひろくん　隣くる？
やっと気づいた
とーぜんでしょ　おそいのよ
ま〜ってました
ぴとっ

「食べる〜」
うん　うん
「あ〜ん　うん　いいぞ」
「もう一つ　あ〜ん」
先生の分　全部食べちゃう
でも　先生にも　あ〜ん
ぱくっ　きゃっ　楽しい　おいしい

先生の隣がいいな
そうだ　はじめから　代わっちゃえ

ひろくんは　準備が終わると
先生の隣に　真っ先に　ちょこん
おー素早いね

みんな　かわって　いいでしょ
いいよー

ひろくんの定位置が　きまり
大満足
ひろくん　甘えちゃんだね

そしたら自分で
「あまえんちゃん！」
ハー、あまえんちゃんなのねー

甘えちゃんの超主張

甘えちゃんなんだけど
ストレスたまっちゃって
先生　ときどきいないし
運動会だの　実習だの　いっしょの時間足りないし

もうおこった
いやがらせしっこで　困らせてやる
ついでに　ゴツンして　流血じゃ
泣いてるくらいじゃ
わかってくんない
フン

やるだけやって　困らせたら
先生について行っていいって　いわれないかな
でも先生　農業班　ぼくは紙工班
ぼく　農業好きじゃないし
作業の時の先生はこわいし
いっしょにいてくれないし

ぼく　やっぱり　ミキサーとタイマーがいい
う〜ん　このせんたくは
困るなー　でもなー

やっぱり紙すきに行こう
がんばって

給食になったらまた　すきすきモードになれるし

「あの小さい子たちのする…ただの後追いじゃない？」
って他の先生からいわれちゃって
いいじゃん　悪いか！
とーっても素直に「あまえんちゃん」だもん

でも

ほんと　毎日　気の休まることはない
ぼくの　持っているものを　とっていったやつがいる
なんだ　かえせと　とりあげたら
パンチしやがって
負けるもんかと　パンチでかえしてやって
フン

着替えは　これ　ジャージ
でも　作業着だ　そのまま制服だと
なんでなのよ！
でも　甘えちゃんしてくれたら　いうこときくよ
と思ったら　おこられちゃった
あ〜あ

ふっくんが「ひろくん　ダメねー」
うふっ
それ　いいな〜
わかってるんだよ
きっかけがほしいんだ

「だめね〜」うふっ
ちょっと気分を変えてくれたら
ちゃんとできるんだよ

甘えちゃんは大事だけど

そればっかりじゃないんだ
わかってるんだ

けど……毎日ストレスたまっちゃって
たいへんよ〜

やさしい　ひろくん

あまえちゃん　ひろくんは　いろんな場面で
甘えポーズをします

みんな集まって　総会
なにいってんのか　さーっぱりわかんない
でも楽しいこと　みーつけ
だっこしてもらって　絵を描いてもらって　お話してもらう

総会なんかそっちのけ
周りの友達も　寄ってくるけど
ぼくは　だっこしてもらって　特別！
うーん　なんて　気持ちいいんだ
特別ってのは　なんていいんだ

こんなとき　泣いている友達を見たり
先生と一緒にいる時間が足りないと
興奮しちゃったりするけど

でも　好きな子の話をすると　うふふ……
「ひろくん　みぃちゃん　好きでしょ」「うん」
「でも　えっちゃんも好きでしょ」「うん」
「えっちゃんも　ひろくん　好きだって」「うふふ……」

えっちゃんも特別
「かわいそうねー」

「かわいいねー」
「だいじょうぶー？」
と背中をさすってあげたり

ひろくん　やさしいねー

少し離れていると

長い休みなんか　少し離れていると
久しぶりって……ちょっとはずかしい
テレテレ
でも　ぴったり
何か言わなきゃ　話さなきゃ

東京いったよ　とうきょう
おそうじ〜
ボーリング行ったよ
日勤　お泊まり　早出　妹……
まあよくでるわ
もー　一生懸命伝えたいのね
あせらなくても　ゆっくりでいいよ

とにかく　伝えたい　何かを伝えたい
だいじなのは　　おんぶー
だいじなのは　スキンシップ
しかし　まあ　自分の役割を
「する　する」とおどろくほど積極的に
上手になったのはいいけど
あせって　話しまくるのは　かわらんなー

買い物行こうね
「これいくらですか」っていうんだよ
「1円　1000円　50円」

だーかーらー　ありったけの言葉を噴火させて

もーおちついてちょーだい

おしっこ

ひろくんは　先生の　そばでなかったとき
給食の途中で　「おしっこ」
と　教室を飛び出していた
一緒に帰ってきて
隣で一緒に食べるようになったんだ

すると　また　「おしっこ」
で　となりにすわって　満足
先生の頭を右手に抱え
左で　ご飯を食べて　ご満悦

すっかり隣が定位置になっていくのだが
用があって　担任が席を外すと
急に不安になって
帰ってくると　ほー

出張でいないときは　あとでみんなに聞くと
ぽつんと　我慢
いたいけな　ひろくん　なんだそうだ

で　昼食時　出先から電話してみた
「ひろくん？　いい子にしてる？」
てれてる　てれてる
意味不明の　独り言を言って
ちょっと　明るくなって

帰ってくると　完全に　独占モード
隣にいて　にこにこ

"はなれたくないー"
を　主張できるようになってきた？

いじわる

先生は　いじわるだ！

偶然だったんだけど
ひろくんは　電子音がきらいだったのだ
ピーピコ　ピーピコ
ってならすと
「やめてください」

おお　ひろくん　そんなことばがでるの
もっとやってみよ
ピーピコ　ピーピコ
「やめてください」
と　にげまわる　ひろくん

悪のりする先生
すると　おとなしい　いい子の　ふっくんまで
ピーピコを持って　追いかけ回す
「きらい」
「ふっくん　あっかんべー」
おお　出る　出る
いままで　ほとんど　わからない　独り言だった　ひろくんが
はっきり　しっかり
「あっかんべー」
「ふっくん　ぺっちゃんこー」
「ふっくん　ごりら」

的を射たり　一本　ひろくん

すると　近くにいた　ともちゃん
「ひろくんは　かめー」
意味は不明だが　たくさんのことばが　飛び交う　教室
平和やなー

ビョーキ

ひろくんは　困ったり　いやだったりすると
「ビョーキ」という
これが高じると
あたま　ごっつんして
2針　ぬうようなことになったり
ヘッドギアをしているので
汗をかいて
傷口が　なかなか　ふさがらないこともある

思い切って　一緒にいるときは
ヘッドギアをとって
乾燥させたこともある

そうでないときは
突然　パンツを脱ぐ

"いやだー"
と言いたいのだろう
言えたら　説明できたら
こんな苦労はしない
なんとか　"いや"　から　解放してあげたい

お母さんと離れて　学園で生活している
ひろしが　だいすき
ほかにもいるらしいけど

ときどき　家に帰る
問題はお母さんと離れるとき
ごっつんは　あたりまえ
玄関の公衆電話を　ひっくり返したこともある

ひろくん　寂しい
いやだ　悲しいね

ストレス解消法　発見
先生に　パーンチ

大喜び　もう１回　パーンチ
はじめは　手のひらで　パチン　だったのが
グーで　思い切りになってきて
おお　いい調子
いやだー　になったら
先生に　パーンチ
おお　すっきり

しちゃいけないって思ってたんだね
いいんだよ　こわれないから
友達には　しないもんね
逆に　やさしくて
しゃっくりをしてる子の
背をさすってあげる　ひろくん
えらいぞ

でも　靴がうまく履けなくて困っている子がいたとき

履かせてあげて
「おっ　やさしい」
そりゃ　自分で言うことじゃなかろう

パンチはエスカレートして
前担任まで　パーンチ
もう絶好調

　"ビョーキ"はどこかに飛んでいきました

先生　近くにいなさい！

みんな　集まって　運動会の練習
先生はぼくと一緒に……あれ？
いない

みんなのところにいる
本当は「並んでねー」と言ってるんだけど
ひろくんには　ほかのみんなと　仲良くしているだけに見える

くく……くやしい

「あれ　ひろくん　どうしたの～」
きた　きましたよー
ぴとっ　くっつき虫　あまえちゃん！
ひろくんの　「あまえんちゃん」
うーん　テンション　あがってきたぞ

そうだ運動会の練習だ
しっかり並んで　いいとこ見せて
また　アーン　して
よし　大丈夫
一人でいても　だいじょうぶだもーん

敵がいっぱい

独占モードが出てきた　ひろくんは
ほかの　生徒が来ると　パンチで追い返す

登校時　まーくんが「おっ先生」
と言って　なかなか自分の教室に上がらないときがある
「まーくん　作業だよ　着替えて」
と言うと　まーくんは
「一緒　行きましょう」
と先生の手を引いていこうとする

すかさず　パーンチ
「ゴーリラ　さる……」
ありったけの　いじわるを言って
追い返そうとする

攻撃されたまーくんは　廊下に座り込む
やれやれ　どうすっかな
「ちょっと　まーくんと　きがえてきていい？」

スネ夫君になってしまいます
結局　まーくんは　ひろくんのパンチ攻撃に遭い
撃退されるのです
でも　まーくんも　スネ夫君に　なっちゃうから
作業に行く前に先生はまーくんの教室に迎えにいって
「着替えるぞー」

まーくんすっかりたちなおり
「いっきましょう」
と　ノリノリモードで　作業に行くのです

でも　ひろくんは知っているんです
とられた！
ひろくんの逆襲は　続くのです

ひろくんの逆襲

まーくんは　先生と農業班に行きます
ひろくんは　紙工班にいきます
その間　ひろくんの先生は
まーくんに　とられてしまうのです
ひろくんは寂しいんです

でも　がんばる！
ミキサーのスイッチを押したり
ストップウオッチで時間を計ったり

ほかの先生に「やったねー」とほめられて
もうひとりの担任のところに　やってるよー　と
自慢げに会いに来たり

でも　作業が終わって　先生が帰ってくると
もう　ぼくのもの
でも　言ってやる
「まさきは　おっさん！」
おーいいんじゃない？

いままでの　いらいらを　どうわかってもらう？
"おしっこ"も　ひとつの手だし
でも　さっさと　給食のつぎわけをして
席をぶんどって　いっしょに　アーン
もう　これが　一番！

でも　なんか　もう少し　足りない
パンチ
最近は　キックも出るぞ
ぼくをほっといて
こんにゃろ〜
でも　しあわせ

でも　絵を描いてるとき　まーくんが先生をとった
へーんだ　平気だもーん
でも　横目でちらちら

やっぱり　「まさきはおっさん！」

バスで

バスで　学園に帰る
バスの周りを　うろうろして　やっと乗ったけど

はなれたくない〜　演歌やな〜

バスに乗って　明日ね　元気で来るのよ
と　先生は　とっとと　降りていった
さびしいのに
くっそー
いやがらせしっこじゃ
「おしっこ！」といって　降りて　廊下で　頭をゴンして
おしっこもらしてやった

さあ　先生　あわてるんだ
ぼくはさびしいんだ
わかってないのか
ダメねー

自宅に帰ってないのもある
"妹" "金曜日" を連呼して訴えてるんだけど
待ちきれない

先生も　う〜　かまってよ！
ぐれちゃうよ！　えんえん　泣いちゃうぞ〜！

こりゃだめだというので
パンツ替えて　頭冷やして
先生は　同乗することに……
えっへへへ〜
ぴとっ　くっつき虫
手つないで　肩まくらで　安心　おやすみ

着いたよー
へっ　そうか　いっしょに行こう

はいはい　ひろくんの部屋　みせてねー
二人で坂を上って　学園に行くんだけど
こんどは　はずかしくなって
自室に行ったり　テレビのところに陣取って
先生もういいよ　の　ポーズ

はいはい　もう用済みなのね
いい子で食べるのよ　ちゃんと寝るのよ
テレビの前で寝てるの　知ってんのよ
だめよ　そんなことしちゃ

はいはい
えっでも　なんで　しってんの？
そ　そーんなこといわれちゃ　こまるじゃない

へんじはいいけどねー
ぜーんぶしってるよー

II　てんかんと他障害を併せ持つ子

さびしさの前

と〜っても　さびしいとき　先生が
いっしょにバスに乗ってくれるようになった

いいねー　わかってきたねー

でも　ぼくもいい方法　見つけたんだ
バスに乗る前　花壇の石に
友達３人と　いっしょにお話するんだ
もちろん先生もいっしょ
こうして　ぴとっと　みんなくっついて　話していると
さあ　帰るかなって　気になれるんだ

不満のまま　乗るのはいやよ
気分を変えて
さあ乗るぞってモードになったら　帰る
切り替えってやつ
成長したでしょ
自分で自分の気持ちを落ち着かせるなんて

　"おりこーくん"

変化1　かわったよ

給食の給仕　配膳……アーン　ぱくっ　これは楽しみ
作業だって　自分の仕事が　ちゃんとあって　楽しいんだ

あれやって　これやってって　つまんない
ぼくの仕事が大事なんだ

友達が牛乳をこぼした
おっしゃ　ティッシュを持ってこよう
友達が　だいふきを持ってきた

うん　それそれ
ちょっと貸して　ぼくがふくから
どうだい　できるんだぞ
みんな　ぼくは　わがまま　あまえちゃんだけじゃないんだぞ
みんなの役に立ちたいんだ

できるんだよ　おーい　わかってるかー

変化2　かわったよ

友達と仲良くなって
いたずらごっこをする

パンチーでかえすこともあるけど
いじわるには
「あっかんべー　ふっくん　いじわる」
「ぺっちゃんこー」
どんどんでるよ
「すばらしい」
「はずかしい」
「さびしい」

なんて　ひろくんの気持ちのままに　言えるなんて
なんてすごいの！

なぜかな？
前は　ひろくんだけわかる　単語が
意味不明に　とびだしていたのに

気持ちが言えたら　作業に行くとき
後追いもせず　がまんできるよ
さびしいから　ずっと見ているけど
今日も　タイマーをして　自慢してやるんだ
新しく　ペンギンタイマーをもらって　お気に入り
こういうの　楽しいお仕事

ことばが通じるって　たのしいね

それに今までは　おかあさんが学校に来てくれると
嬉しくて　興奮して　わけわかんないになって
いなくなると　悲しくて……だったんだけど
ぴとっとしているだけで　がまんできるようになった
ついには　マラソン大会のとき
応援に来てくれた　おかあさんに目もくれず
黙々走り　おかあさん　ショック？

ことばがふえて　友達と冗談して
きゃーとさわいで　ボールのぶつけ合いをして
先生をいじめて……たのしいー
先生が「きゃーやめてください　ともちゃんにしよう」
なんて　みんなでおおさわぎ

でも　"だめねー"　"パンチー"は　いいんだけど
死んだ　あんぽんたん　ずんだれ　おまえはうるさい……
どこで覚えたの？

今まで　頭の中にしまい込んでいた　ことばが
いっせいに　噴出しているような

気持ちと言葉の大噴火

がまんもたいへん

がまんできて　お話もできて
上手になった　自分の仕事　"おりこーくん"
でも　あまえちゃんなのに
がまんするのは……つらい

水をガブガブのんで　まぎらわす

もー　ひろくん　いっしょにいるでしょ

でも　作業だったり　体育だったり
クラスのなかで　先生といっしょにいるのが　いいのに
ぜんぜん　いっしょじゃないもん
給食だけだったり　するもん

そんで　がぶ飲みして
"おしっこ"
たしかによくでる
どこにたまってるんだろ　と思うくらい
まるで　消防放水

できるようになって　えらいねー
といわれたって
ぼくは　あまえんちゃんでいいの！

先生の冗談

先生に「きらいよ」って言われた
パニック
どうしよう
なんていったらいい？
なにしたらいい？
って思ったら　独り言が　ぽろぽろ

冗談だってば……
ひろくん　だーいすき

先生　悪い冗談はやめなさい
それに　ぼくをほっといて
ほかの友達に　くっつくのもやめなさい

おこってる？　ってきいたら
「おこってる！」

ふーん　いっしょがいいんだ
と言ってると　あまえちゃんといわれていた彼
「あまえんちゃん」

あらら　しっかり答えちゃってるけど
それって　……いいか

反省会で　こっちむいて〜

作業班が　違うから　実習の反省会も
先生と別々に並ぶ

えー　総会の　集まりの時は　だっこだったのに
今日も　みんな集まってんだよ
先生は　ぼくといっしょじゃないの？

そっかー　農業班と紙工班なのかー
でも　納得できない　したくない
農業班にいってみよ
うーん　でもこれ　よくないなー
かえろ
でも　行こうかなー
先生が　きてくれたら　いいのにー

よし　非常ベルを押してやるぞ
そしたら　あわててきてくれる
きっと　そうだ
ほれ　ほれ　押すぞ　いいのかー
ちゃんと　みてっかー　いいのかー

もー　ひろくーん
結局　非常ベルの近くで　二人座ってました

いいのか！　いいんです！

砂上の楼

ひろくんは　ことばが　うまくでるようになった
心を落ち着かせることも　できるようになった
がまんして　一人で作業ができるようになった

でも　それは　精一杯の　彼のがんばりで
決して　できあがったものではないのだ
先生が休んだ日　なにがあったかわからない
でも　学園に帰って　ゴン

額に傷
学園でも理由がわからない
ひろくんの　心の中の　悲しさ　さびしさ
いやだった……が彼を自傷に走らせる
こんなことをさせて
先生なんて　失格だ

ひろくん　ごめんね
精一杯　君に　もっとしっかりした　土台を
つくりたいけど……

なかなか　棟のあがらない　砂上の楼

おかあさん

おかあさんといっしょ
ぴとっ
いつも離れているから
おかあさんも　ひろくんのことが
ずっと　心配
いつも　ひろくんのことが　頭から離れない
生まれてきて　今まで　今日まで

おかあさんの話を聞いて
おかあさんの思いに触れる事ができたかな
と思ったとき

おかあさんに　涙

いっしょに泣きましょう
涙は　心の　澱(おり)を流してくれます
泣くのをがまんして　全部がまんして　……今まで

それからしばらくして
ひろくんは　おかあさんと　離れるとき
あっけなく　バイバイ　に　なっちゃって

いいの？　おかあさんちょっと複雑よ　きっと
でも　そのおかあさんも　話し合いの日を忘れてしまって
あー　忙しいのもあるけど　少し　澱が落ちたのかな

郵便はがき

料金受取人払郵便

新宿支店承認

7510

差出有効期間
平成23年8月
31日まで

（切手不要）

1 6 0 - 8 7 9 1

843

東京都新宿区新宿1－10－1

(株)文芸社

　　　愛読者カード係 行

ふりがな お名前				明治　大正 昭和　平成	年生　歳
ふりがな ご住所	□□□-□□□□				性別 男・女
お電話 番　号	（書籍ご注文の際に必要です）		ご職業		
E-mail					
書　名					
お買上 書　店	都道 府県	市区 郡	書店名 ご購入日	年　　　月　　　日	書店

本書をお買い求めになった動機は?
1. 書店店頭で見て　2. 知人にすすめられて　3. ホームページを見て
4. 広告、記事（新聞、雑誌、ポスター等）を見て（新聞、雑誌名　　　　　　　　　）
上の質問に1.と答えられた方でご購入の決め手となったのは?
1. タイトル　2. 著者　3. 内容　4. カバーデザイン　5. 帯　6. その他（　　　　　）

ご購読雑誌（複数可）	ご購読新聞
	新聞

文芸社の本をお買い求めいただき誠にありがとうございます。
この愛読者カードは今後の小社出版の企画等に役立たせていただきます。

本書についてのご意見、ご感想をお聞かせください。
① 内容について

② カバー、タイトル、帯について

弊社、及び弊社刊行物に対するご意見、ご感想をお聞かせください。

最近読んでおもしろかった本やこれから読んでみたい本をお教えください。

今後、とりあげてほしいテーマや最近興味を持ったニュースをお教えください。

ご自分の研究成果や経験、お考え等を出版してみたいというお気持ちはありますか。

ある　　　　ない　　　　内容・テーマ（　　　　　　　　　　　　　　　　　　　　　　）

出版についてのご相談（ご質問等）を希望されますか。

　　　　　　　　　　　　　　　　　　　する　　　　　　　しない

ご協力ありがとうございました。
※お寄せいただいたご意見、ご感想は新聞広告等で匿名にて使わせていただくことがあります。
※お客様の個人情報は、小社からの連絡のみに使用します。社外に提供することは一切ありません。

■書籍のご注文は、お近くの書店または、ブックサービス（☎0120-29-9625)、
セブンアンドワイ（http://www.7andy.jp）にお申し込み下さい。

おかあさんが明るくなると　子どもも明るくなる
子どもだけ見てたって
子どもの教科書は　……おかあさん

ひろくんの成長は　おかあさんの安心から……　ね

III

自閉症といわれる子どもたち

自閉症ということばが適切なのか考える時期が来ているんじゃ？
千差万別　同じパターンはないに等しい。意外と楽しい自閉症
ワールドは私たちのすぐ隣にあるようです

みんなは　音を　えらんで聞いてる？
　3人で話しているとき　誰かの話を
しっかり聞いてるでしょ

でも　3人が　いっせいに　別々に話していて
それがいっせいに　聞こえたら？
何言ってるかわからない
ただの雑音になっちゃう
うるさ〜いになっちゃう

さわられると　電気がきたみたいに
ビリッと　するのか
とても敏感

ひとつのことに集中するのが好きで
都合による　変更　とか
言葉のニュアンスとか　わかりにくい
でも　言葉の意味は　理解してるし
創造的なことも　得意だったりする

変わった人と言わないで
こういう人なんだって
ただはっきり白黒つけたいの

逆に　灰色の世界に生きているみんなの方が
不思議で　ご都合主義の　いい加減人間なんじゃない？

きらい

光る物がきらいなのか
うるさい音が嫌いなのか
人ではないと思うけど
めがね君の　めがねを　去年　何回壊したことか
かみつき　ひっかき　殴る　蹴る
もー　何でもありだね

高等部玄関で　めがね君と　いさかいになった
おこった　つっくんは　ウーと　なぐりかかろうとした

帰り際　落ち着かない感じだったので
だいたい　手をつないで帰るのだが
なんか変と　そばにいると　さわぎになってかみつこうとした

「やめんか」
「かみたいならかんでみろ」
と　手を出すと　思い切りかみついた
「いてーじゃねーか」と　張り倒して
厳しく怒ったら　ワンワン　泣き出した
こりゃ　バスで　帰るのは無理だな

おかあさーん　迎えに来てー
おかあさん大変
このあと　ゆっくりと話すことになる

つっくん　とっとと歩き

つっくんは　急げ　急げが好き
早く行きたいの　待ってるのがいやなの
並んで！
どうして？　早く行きたいの
どうして順番ってあるの？
早く降りて　教室　早くバスに乗って　おうち
早く帰って　おやつ　ゲーム　ビデオ
あ〜したいことが　頭の中で混乱

うー　早く
なんで　待ってなの？
楽しいことは　早くしたいの
みんな　そうじゃないの？
待って！　並んで！　順番でしょ！
うー　そんなの知らん
ぼくはしたいんだ
かみつくぞー

まわりがうるさいのかな？
うーうーって　不安なんだ

登校初日
耳をふさぎながら　うーうーといって　登校
早く降りてよ
ドシッと　前の人を押す

押しちゃダメよ
先生　担任だから　一緒に行こう
しっかり手をつないで　とっとと歩き
そんなに急がなくてもいいのに
ぐいぐい手を引いて　教室へ

つっくんは　体は大きいけど
ちいさい物　かわいいもの　かわいい女の子が好き
ハムスターや　トムとジェリー　少女ヒーローものといった
女の子ものが好き
ミュウミュウと　訴えるので
少女ヒーローものの塗り絵を渡すと
とっとと席について　一心に見ている
好きなのねー

いっしょ いよう

手をつないで　いっしょ　行こう
運動の時間だ
美術の時間だ
道具を持って　手をつないで

いっしょにいて……
描こうね
うーん　こんな形？　働く人？
うーん　顔？　手？　体？　草？　くわ？
うーん　よくわかんない

やっと下絵ができた
塗っていい？
よし　塗るぞ
色を出してね
「青！」
いろいろ出してね
いろいろ？　なんで？
青　塗りたいの！
ぬるぞ〜　あお〜
あー全部青になった
次は　赤
ぬるぞ〜
あー　青の上に赤ぬったー　紫ー　なんじゃー！
次「緑」

次「黄色」
わー全部塗りたくってるー
紙いっぱいに　全部　塗りたくって　重ね塗りー
何が何だかわかんないー

やっと気づいたときは　ほとんど　真っ黒
ねえ　これ　どうすんの？

となりで描いてる　こっくん

こっくんは　ふんふん　鼻歌を歌いながら
頭を振っているのが好き
ジャーパネット　ジャーパネットーなんて　歌ったりする
何それ？
まだ　この歌は　私たちの町では　なかったのだ
こっくんは　遠くから来たから　一人　知っていたのだ

こっくんは　絵を描くと　左右がほとんど　同じになる
大きな目　大きな鼻　鼻の穴　耳　口
ドワー　なんじゃー　みんなでかいなー
じゃ塗って……
うん
何色がいい？
何色？　ちゃんと　この色って　言ってくれなきゃ
どれでもいいのになんて
あいまいなこと　言われても困るんだよね
ともかく　じゃ　肌色を作ろうね
なにそれ？
赤と白？　……　混ぜるの？
ドワー　出し過ぎー　そんなに出して　どーすんのー
だせっていったのは先生だ！

混ぜるの？　なんで？
肌色をつくるから
うーん　わかったよ　混ぜるよ

うーん　へんなことばっか　させて
混ぜたよ　塗るの？
うん　顔を塗ろうね
顔　はいはい
どわー　全部塗ってるー　目も何もないじゃない
だーって　顔って言ったでしょ
はいはい　私がわるうございました

乾いてから　目を塗ろうね……
ふーん　乾いてからね
塗るぞー
あー　乾いてないのにー　混ざったー
どわー　目が　バチバチー

花屋さんだっけ
花描くか？
花？　ふん　ふん　花ね
花は　赤とか　黄とか　だいだいとかでいいの？
ふーん　やっとできた！

はーーーー

この間つっくんは
ムスッとしたまま何もしていなかったのです
ごめんねー

一緒にいたいの

絵を描いてるときでも　運動に行くときでも
となりに　ピッタリくっついてる
何か不安なの？

何したらいいって　しっかりわかっているときは
一人でもいいんだけど
何となく次はこれー
その次はこれって
くるくるかわるじゃない
どーしてよ

音楽の時　竹太鼓をたたいた
何か　発表会の練習だって
竹太鼓を　何回も　ずーっとたたいていると
いいよー　リズムも　力も入ってるーって
褒められたりして
うれしー
それに　これをしとけば　いいんだ
ぼくにはわかる
だから　こんな時は　先生をおいて　竹太鼓　まっしぐら
だってー　わかってるんだもん

運動の時間　外を走るんだけど
みんなでとことこ走る
走るだけだから　一人でいいの　と思っていると

ぴたっと　横に　くっついてくる
先に行こうとすると
ダメ！　と　袖を引っ張る
一緒に走るの？
うん
つっくん　一緒がいいの？
うん
じゃ　一緒に走ろうね
つっくん　負けず嫌いなんです
とっとこ　どんどん　走る人を見ていると
くやしーって気がするんです
それ　先生といっしょに　とことこ走ってると　安心すんの？

つっくんの安心と笑顔

つっくんは　おかあさんが　大好き
でも　めがね君の　めがねを壊した
隣の子にかみついた
ひっかいた　蹴っ飛ばした　ぶった……
こんなこと　毎日　言われ　書かれたんじゃ
お母さんの　心が　もちません
電話が鳴るたび　びくっ

やーめた　大騒ぎ以外は
電話も　書くのもやめた
だって　子ども達だもの
いさかいはあるし
ちいさい頃から知ってる　間柄だし
それに　つっくんが　うーって　なるのって
ちゃーんと　意味があるんだけど
うまくいえないだけなんだ
ことばって　べんりーってことを　実感すると
変わったんだな

つっくんは　貼り絵が好き
色紙を　台紙に　のりをべったりつけて
紙をはさみで切って
ペタペタ貼る
ミュウミュウが見たいとき
貼り絵をしたいとき

トムとジェリーを今日借りるんだというとき
つっくんは　指さす
つっくん　ミュウミュウが見たいの？
うん（うなずく）
はいって　いって
「はい」
おーよしよし　じゃ　ミュウミュウ見せてって言って
「ミュウミュウ見せて」
くださいって言ったら　もっといいよ
「見せてください」
おー　はい　どうぞ
はじめは　言い直しをさせられると　怒っていたけど
だんだん「ミュウミュウ見せてください」
と言えるようになったら
なーんだ　簡単だ
はっきり言って　もっていって　ご機嫌

そーか　ことばって便利だな
「紙ください」
おー　すごい
紙だけでいいの？
「のりください」
はいはい
満足
チョキチョキ

これも手際よく
短冊に切って　それを集めて　小さく切る

はー　要領いいんだ
なんて　感心していると
はじめは　四角に切って　並べて貼っていたのに
不等辺な形に切って
あっちにむけたり　こっちにむけたりしはじめた
こりゃ　おもしろい

つっくんに　紙くださいのとき
箱ごと　どーんと渡した
ちょっと　困惑気味だったので
つっくん　どれが好きかなー
と　ハムちゃんを見せると　うんうん　と　嬉しそう
それから「箱ください」になって
「箱見せて」になって「これください」になって
自分で選べるようになった

そのころから　薄い紙を貼って
透かし模様みたいに貼るという技をみつけた
すごい　つっくん　やるー
ちょっと　てれー
でも　幾重にも貼るので
つっくんの　おわりってのは　なかなかわからない

はじめは　昼休みに１本使ってしまって
のりがない……もう１本と言えなくて
うーーーーー
と困っていた
じーっと見ていたら

のりがないという仕草をして
のりほしい？　ときくと
「ほしい」
じゃのりください　もう１本くださいだよ
「もう１本ください」
はいはい　……また　ペタペタ
しかし　これじゃ　のりがもたんなー

で　のりは　１日１本にしようか
約束
「うん　約束」
これは　案外すっきり飲んでくれて
のりを少しずつ　上手に使えるようになった
１日でも余るようになった

使い切る前に　ここまで貼って終わりとか
時間になったから　終わりとか
少しずつ　自分なりってものが　見えてきた

そのころから　一列一列順に貼ることもなく
あっち貼り　こっち貼り
うーんと考えていたり
いろんな行動が見えてきた
このころ　言葉が増えてきた

勉強の時
まわりがうるさいとか
ちょっかいをだしたとか

嫌いな音楽をかけたとか
つっくんの癇にさわる事があると
う————　ドカ——ン
だったのに

"うるさいからやめて"
それ　いやだからやめてっていうんだよって
いっしょに言ううちに
「やめてー」とか
先生を引っ張って外に出ちゃうとか
彼なりの回避方法を見つけてきた

このころから落ち着いた行動ができて
友達とのいさかいがほとんどなくなった
つっくんのお母さんは
周りのお母さんたちに「すみません」と言うことが少なくなり
二人で散歩して（おかあさんはたいへんらしい）
お母さんの笑顔が増えたとき
つっくんは笑顔になった

案外　気づかないの

昨日　先生にかみついちゃった
かみつけっていったから　かみついた
そのまんまじゃない　なんか変？
でも　先生は　怒るし
かめって言ったのに　いたいって怒る
わかんないなー
でも　先生が　怒ったって事は　わかった
まずい……　ってことも　わかった
先生になんとかしなきゃ

手をつなごう
いっしょ　行こう
「おはよーございまーす」
愛嬌たっぷり
もしかして　昨日のこと　気にしてんの
びーっくり

友達の関係

僕の場合周りがうるさいと　ごっつんするだけじゃないんだよ
ぼくはいすに座って体を揺すって
耳をふさいで　歌ってるのが好き

歌ってるんだよ
アニメの主題歌なんか

みんな　うーうー　ぐらいしか言ってないと思ってたらしいけど
ウールトラマーンって　先生が言ってくれたとき
おー　わかってるー　って　一緒に歌ったね
よしよし

としくんはくるくるまわったり　つまんだり
走って　壁を蹴ったりだけど
ぼくとの関係は
いたずらっこなんだ
ちょいと　つついてくる
「いやだー　するなー」
って言うんだよね
言うのに　にやにやしながら　つんつん
もー　つうじないのかー
通じてるはずなのに　いけないやつだ
ぼくは　めがね君をゴツンしたりするけど
彼にはしない
二人は冗談の関係なんだ

いやだー　つんつん　いやだー　つんつん
先生の後ろに隠れちゃう
としくんは逃げました
へへ──

なんか　複雑

自分の嫌いな物　音
うるさいこと
早く済ませて　次に行きたいのに
まってて　と　言われること
友達っていないの？

ところが　ちゃんといるんだな

機嫌がいいときや
ちゃんと覚えている歌は
手をつないで　一緒に歌っている
手をつないでいるのは　あっくんで
音楽室で隣にいて
なべなべそこぬけーと
手を振りながら楽しそう
でも　つっくんは　同じクラスの　せんちゃんと
ミュウミュウのことでけんかになったり
あまり好きじゃない

せんちゃんは音楽の天才
せんちゃんは楽譜が読めるのか
見てはいるが
だいたいきくだけで
いろんな曲を弾くことができる
彼は一人でキーボードを弾いているのが好き

キャラクター物が好きで
ゲーム好き
この興味の範囲も決まっているけど

でも　つっくんと仲良しの　あっくんは
まーくんに　冗談を言うのが好き　「耳……」
なぜか　まーくんは　むかしから
彼の　みみ　と言う言葉に　いやーな気持ちがあって
「先生いじめるー　あっちいきなさい」
といって　後ろに隠れる

あっくんはにやにやしながら
「みみなのね～」
といって去る

ちなみにあっくんは　「～なのね～」が　口癖だ
こんなあっくんは給食のおばちゃん達に大人気
必ず　登校時に　窓に張り付いて
「おはよ～」という
先生には　通りすがりに義理で　おはよ～という
しっかり言おうね　「おはようございます　なのね～」
やっぱり義理だ
やっぱり給食のおばちゃんが大好き！
給食のためかな？

つっくんとその周りには　いろんな形で友達がいる
関係がある
彼らの世界には独自の世界があるんじゃないかな

かけっこ

運動会だ　かけっこだ
一番がいい

でも走ってみたら
みんなはやいんだ　くっそー

よーし　ちょいと前の　てっちゃんを
引っ張ってしまえ

ぐいっ

てっちゃんは困ってるけど
いいの　いっしょにいくよ

一人で　ビリなんて　ありえなーい
二人でゴール

不思議なこと

つっくんたちが何か行動を起こす時
そわそわ　イライラ
立ち上がったり　パンチしたり　跳ね回ったり……

こんな時って
だいたい自分たちもこんな会めんどくせーなー
なげー話　いい加減退屈だ
とか　思っているときと　ちょうど　同じ頃なんだ

だから　あーあーつまんねー　と思うとき
つっくん　大丈夫って言うと
大丈夫と言ったり　外に行こうと言ったり
静かに外に出て　心を落ち着かせていると
また式に　帰る

えらいねー　このまま教室行ってもいいのに
かえるのねー

はー私は帰りたい

ほかの友達もいろいろなんだ

小さい頃から多動が強くて……とあるお母さんが言う
高いところに上って
どこでも戸をあけて
何でも手を出して
家中鍵だらけ

つっくんや　まーくんたちも小さいとき多動だったという
でも　いまはそんなことはない
ただ　彼らの同士の世界には
何らかのつながりがあるらしいと思う

それは　言葉を通じてわかりあえる世界とは少し違うけど
ちょっかいを出してからかったり
からかわれるのをわかって
いや　あっちいけ　と先生の後ろに逃げてくる
つっくんはまーくんとあまり関係を持たない
でもつっくんには手をつないで仲良しのてっちゃんがいる

まーくんは大人とのつきあいが好きだ
下水に向かって
「おーい　聞こえるかー」
「先生　あっちいってください」
「おーい　言ってください」
おーい　まーくんきこえるかー
きこえるぞー

「もういっぺん言ってください　おーい」
まーくん　べんきょういくぞー
「いやですよー」
と　踊りながら　あっち逃げ　こっち逃げ
こら　まて
「先生　あっちいって」
「おーい　こら　先生　おーい」
まーくんは　超シャイな　かまって欲しがりさん

つっくんは　甘えんぼで　手をつないでいるのが大好き
バスから降りるとき　乗るとき
教室を移動するとき
式の時　隣に座っているとき
ずーっと　手をつないでいる
こわいの？
しーんとしていると
な・何が始まるんだと思うし
なーんかむずかしいあいさつが
ながながと続くと　イライラして　あくびが出るし

機嫌がいいときは　フンフン　歌ってる
自分が　しっかり理解していることは
手をつないで……はしないけど
次がはっきりしないなー
というときは　手をつないでいる

大丈夫なのよ

つっくんは張り紙をたくさん作った
彼は　自分が作った　作品は　必ず　全部持って帰る
お母さんに喜んでもらうのだ
お母さんの笑顔がつっくんの安心のもと

学校祭の作品のシートに
彼の貼り絵をテーブルいっぱいつないだ
とーってもきれい
世界に一つだよねーと言ってくれる人がいた

よし　ポスターにしたろ
つっくんが気に入ったやつを選んで
字を書いて　ちょきちょき　切って
ポスターにした
これが大当たり　賞をもらいました
おかあさん　偶然　デパートで掲示されてるのを見つけ
写メ！
さすが　母　こんな偶然すごいね

で　立派な表彰式
６人くらいの代表だけホールに呼ばれ
舞台で　一人一人　盾と賞状をもらう

まず困ったのが地下室
薄暗いところを通り抜け

舞台裏で説明　しばらく待ってね　が　何回も続いて
これ　つっくんが　一番苦手なのよね
おまけに知らない人ばっかり

おねがいパンチはやめてー
練習してくりゃよかったか？
なんて　私の心配をよそに
「おちついて　大丈夫」を繰り返しているのは　つっくん
そのとき
先生　つっくんのこと　信頼してないの？
と思わされて
つっくん　すごいね　落ち着いて　というと
「うん　大丈夫」
ハー　成長したねー　自分を抑えられるか

Ⅲ　自閉症といわれる子どもたち

さあ出番

お母さん大心配
お父さんも休みをもらってきてくれた
きっと　先生が介添えについてくれると思ったら
ステージの隅で　行って　礼　かえってー
と合図するだけで　一人で表舞台に

お母さん　大びっくり　大心配
でも　つっくん　とーっても上手に　礼をして
「ありがとうございます」までいって……
ちらっと　先生を見て　大丈夫といった表情
隣のお姉さんが　よかったね　と声をかけてくれて
また安心　無事終了

「なんで一緒に行ってくれなかったんですかー」
とお母さん
大丈夫だって　ねー　つっくん
「うん」　ハー　よかった

好きなことに集中して
それをするために　いろんなことばを使って
ことばを使えば　相手がわかってくれる
自分の行動を落ち着かせることができたのかな？
これが　こころのはたらき？
心って何？　を　見せてくれたつっくん
ありがとう

IV

ダウン症なのか　楽しい子

体は細い。それでも食欲もりもり、よく太らないねー。とっても賢い、ダウン症らしくない筋肉。音楽大好き。
おどろくほど適切に自分の気持ちを表わし、たくさんのことばで自分の意志をみせてくれました。
コミュニケーションとは会話だけではないことを教えてくれました。

けんさんはいたずらっこ

けんさんは小4の時歩き始めて
それまではお座りで
手で移動していたそうな
おかげで手のひらはとても厚い

体はとても細くて
でも　手で移動していたというだけあって
細くても　しっかりした筋肉で
腹筋なんて　むきむき

歩くのが遅かったのもあって
不安定に歩くけど
よくこの足で歩くようになったねー
と　感心している先生がいた
確かにかかとが出ていて
外を向いていて歩くのは大変そうだ

いたずら好きでいろんなスイッチを押しまくり
先生の机の上の物を動かして
ちっとも油断できない

音楽大好き

けんさんは音楽大好き
キーボードの自動演奏を飽くことなく
毎日聞いている
ときどき　自分で音を変えて
なにやら演奏している
自動演奏に合わせて弾くといったリズム感の良さは
びっくりする

音楽の時間トーンチャイムを鳴らすときも
ベストタイミングで鳴らすし
タンバリンも上手だった
ともかく音感がすごくいい
と感心していたら
おかあさんが小さい頃から　ありとあらゆる音楽
クラシックから　子どもの歌まで
聞かせて　弾かせていたそうだ
すごい英才教育……脱帽

わかってるのに手を出すな

けんさんはときどき顔をくしゃくしゃにして
何か意味不明のことを言っておこる
もう少し　ことばがはっきりでたらなー
様子を見ていると　何で怒っているか
わかるんだけど
それがはっきり言えたら　すっきりするだろうけど

着替えの時　ボタンがうまく外せないので　手を出すと
できますよ！　っていうようにぷんぷん怒る
でも　それでも　うまくいかないときは
はずして……という風に胸を出す
けんさん　はずしてねって言うの
「外してください」
オー　丁寧語　自分で言い換え
ハイハイ　はずそうねー
と半分外すと
後は自分でできて　満足

ごはんのときも　初めのうちはパクパク食べる
少なくなって　器についたものを　集めるとき
先生が　たのまれもしないのに　さっさと　やってしまうと
おこる

でも　うまくできないと
「おねがいします」

また丁寧語
あなた　どこでおぼえてきてんの？
器は　もって　たべようね
というと　憤然とする

そんなのわかってるよ！
ほらもって　こうやるんでしょ！

といわんばかりに　パクパク食べる
結構　自己主張が　激しいのね

線を引く

定規にあわせたり　自分で自由に引いたり
色を変えてみたら？　と差し出すと
さらに　ヒートアップして　楽しんでいた
書くことも好きなのね

長い線　短い線　大きい〇　小さい〇
ピンピンはねる線
手を添えられても怒らずに
フーンといった様子で
いろんな線を引いている
手を添えられると　怒ったり
やる気が下がる子が多いけど
けんさんはそんなことはない

習うってことを知ってる？
これもお母さんの教育の力？

見立て遊び

はちを作って　ぶんぶん
ちょうを作って　ひらひら

いっしょに　色紙を切ったり　テープを貼ったり
できあがって　お花に止まって
ブンブン
ひらひら
とやっていると　とても楽しんでくれる

見立て遊びができるんだね
ことばも　もうすぐ　はっきりでるよ
そしたら楽しくなるね

いたずらの真意

いたずら好きのけんさんは　こそーっと
教室の物を　移動したり　電灯をけしたり
そーっと　動いて　何かする
そーっとしているとき
けんさーん　なにしてんの？　と　呼ぶ
びくっと　こっちを見る
なーにしてんの？　と聞くと
何でもないよー　といった顔で
席に着く
いたずらって　ワクワク　楽しいし
わかるかな〜　どーかなーって
敏感になって
頭フル回転
がんばれー
でも　そうじゃなかったんだな

話したいから
彼が　いたずらをするのは
先生が　かまってくれないから
と　わかったのは　しばらくあとだった

給食が終わって
トイレに行こう　と　行ったけど
でない……　と　パンツをはいてしまった
その数分後　でちゃった

もーなにしてんの！

でも　次の日　でた————？
ね——でた————？　と　聞いていると

顔を半分出して「でたよー」

おー　そうか　どれどれ
うーん　いいうんちだ
おりこーさん　なでなで　ぎゅうっ
それから　おしりをふいて
手をつないで　教室に帰る

その後は　ごはんを　パッパとすませて
先生　いくよー
と　トイレに行き

「先生——でたよ——」
「先生————」

と　大きな声で　言うようになった
トイレは　それから　習慣化して　バッチリだった

でも　一回　先生がいなかった日
別の先生が　代わりに連れて行ってくれたらしいけど
うまくいかなかったらしい
詳しくは聞かなかったけど

Ⅳ　ダウン症なのか　楽しい子

けんさん　突然　教室を飛び出していって
えんえん　泣いていた

さびしかったの？　わかってもらえなかったの？
えーん　悲しいよね
今日は　たーっぷり　うんこして　むぎゅ──しようね

と機嫌が直り　パクパク食べて　レッツゴー

なかなか　誰とでもうまくいくわけではないのでした

そりゃ　僕だって好き嫌い　好みは　あるんだよー

けんさんが興奮するとき

けんさんは　食事が　とてもすき
何でも食べる
好き嫌いないんじゃないかな

でも　口についた　おちた
ふいてー　とってー

いただきますのあと　パクー
と　焦ったように食べるけど
そのとき　何か　独り言を　言って
興奮した様子が見られる

なんでかなー
ゆっくり楽しんで食べたらいいのに
アーン　したろか？
ほい　アーン

いや　自分で　できるもん
よけいなことすんな
でも最後のかき集めは
「お願いします」

はいはい　アーン　パクッ
はい　ごちそうさま
うーん　難しい年頃なのかな

自分でわかってる

けんさんは　歩行が不安定なので
自分でわかってるから
いつも廊下の　はしを歩く
先生は　内側の　ちょっと前を　歩く

とびだし　かけまわりくんがいるので
こうしていないと　ぶつかって　けがになる

階段を下りるときは　要注意
でも　けんさんは　手すりにつかまって
自分で歩こうとする
先生は　けんさんの少し前に立って
バリアーになる

教室移動の時など
大勢動くときは　かなり用心深くなる

自分のことを知っている
身を守ること
大切だよね

ある日　砂利道があった
彼の足じゃ　無理だねー　と　思っていたら
しっかり「おんぶー」
といって　おぶさってきた

おー　いいぞー
と　平坦なところで　自分で降りて
いいねー　けんさん

ほめて　だっこして　おんぶして

けんさんは　あまり体力がない
寒がりさんで　いつも　長いものを着ている
トイレで　手を洗うときも
おー　冷たい　といった　仕草を見せる
プールもダメ
細い体には　寒いものは
それこそ　ほねみにしみるーといったところ

でも　ボーリングや　ボールけりは好き
ボーリング　1位　やったー
だっこー　だっこすきー

美術で　マーブリング　スタンプ押し
人形作りなど　上手にできたねー
というと　とてもうれしい

じゃ教室まで　おんぶして帰ろうか
うん
しっかりおんぶ体勢

でもやーめた
なんでも　ひとりでできるもんの　けんさんだもんね
一人で帰ってきてねー
と　さっさと帰ると
困ったように立ち尽くす

うー　かわいい

結局おんぶしてしまう
やっぱり甘いのかなー
いいよ　疲れちゃったもんね
大好き！

木工班にて

木工室には　いろんな道具がある
スイッチ好きの　けんさんには
興味津々　でも
これって　大きな音するし
こわいんだよ　手切っちゃうよー
なんて　何となくわかっていて
あまり手を出さない
が　ガスバーナーは　くるっとひねって
かちっとするだけだし　小さいし
大丈夫と思ったのか　さわってみた
あっち──

ほーら　いわんこっちゃない
と　すぐ水で冷やして　氷で　冷やして
赤くなってないのを確認

けんさん　あっちーだったねー
あぶないよー

「あっちー」
そう　あっちー

びっくりすると　内蔵されていたことばが
突発的に出ることがある
ひろくんもそうだった

けんさんの力

けんさんは　キーボードを　ポンと　鳴らすが
ほかのことになると　力が入る
そーっと　紙をのせて
そーっと　のりをつけて　貼って
そーっと　スタンプして
など　ビシッとしてしまう

うーん　何とか指の力を抜く　方法は　ないかな

けんさんは足が不安定なわりに
いすを両手でもって　よいしょと　運ぶことができる
こけたりしない

うーん　いろんな力があって
いろんな不自由があって

やることが多いね　けんさん
がんばろ

そうじ

けんさんは　いままで　掃除の時
座ってみていた

でも　一人の先生が　いなかったとき
はい　ぞうきんと　渡すと
ごく自然に　拭き掃除を始めた
それも　もう一人の先生が　やるとおり
その順番で　道具も避けながら

なーんと　ぜーんぶ　けんさんは覚えていたのだ
びっくり　けんさん　掃除　上手

うふふ
「だっこー」
はい　だっこー
よしよしよし　すごいねー
高1　だから　こんなことよくないか？　と思いながら
だれもみていないから　OK　OK

でも　先生が帰ってくると
すぐ　ぞうきんを　はいっと　渡し
席に着いた
おいおい　それでいいのか？

それにしてもよく見ている人だ

パンチ

けんさんは　自動演奏を聴いて
私は　それをぼんやり見ながら　本を読んでいる
ある日　源樹君が CDをもってきて
聞きたいという
どうぞーといって　CDを二人で聞いていた

源樹君は　いすを持ってきて　隣に座って　聞いていた

何日かして　また　源樹君が　CDをもって
いすを私の隣に置いて……としたとき

けんさん　怒って　源樹君に　パーンチ！
源樹君　びっくり
応戦しないまま　私の陰に隠れてしまった

フン　といった表情で　キーボードに帰る　けんさん

ねー　君たち　嫉妬？　とりあいしてんの？

作業　ビーズ通し

作業を始めた頃
竹磨きとか　小枝切りとか　ばかりしていて
どこまで磨くのか　どの枝が　使えるのか
さーっぱり　わかんないし　めんどくさいし
ずーっとやってんのは　つまんない

ある日　けんさんは　ビーズ通しをやってみた
けんさんは　少し斜めに見る癖があるようで
はじめのうちは　うまくいかないと
右に　くるくる回ってた
だんだん要領をつかんで

「先生　できたよー」

うーん　上手　もっとして

けんさんは　好きな形　色　があって
たくさんのビーズの中から
探して　気分によって　つないでいる

ビーズが落ちると
「おちた──」
「ひろってー」

自分で拾いなさい

ぷんぷん

なんてことをして
そうか　のれんを作ればと
ビーズの練習をして
作業に行って　のれん作りをして
また教室でビーズとおしの練習をする
とやっていくうちに　上手になった

「先生————」

ハイハイ　じょうずね　続けてね　がんばってね
と先生は　別の作業へ

「先生————」

なになに？
だまってる
となりにいなさいって？
「うん」
えー　それじゃ先生何にもできないじゃない

じゃあいいよ！　といった風に　ぷんとして
のれんを作り始めた
またある程度進むと

「先生————」

おー　1本できあがっている
いいですねー
棒につるして　1本　また　1本とつくって
それを確かめて
だんだん楽しくなったみたい

作業　2

作業で　のれんの形を変えて　作っているうち
手持ち無沙汰だった　女の子の自称マイケルちゃんが
隣で　穴あけをしてくれるようになった

けん　マイケルコンビ　誕生

何いってんのか不明だけど
二人は　ずーっと　話しながら
のれんを作っている

ときどき　けんかになって　二人で　プン！

まあまあ　マイキー　けんさん　仲良くやろうぜー
マイキー　グー　けんさんも　グー

このころから　先生できたよーが
少なくなってきた

単純につなぐだけじゃなくて
途中に別の色を入れるようにした
マイキーが　次はこれ　次はこれ
と　渡すと　わかってるよー　という表情で
でも　結構素直に　作業している
姉さんコンビだねー

子どもたちの力

子どもたちは　ある一定のラインを越えると
先生が教えるより　子ども本人や　子どもたちだけで
いつのまにか　要領をつかんで
何かができるようになる

先生が　あれこれ　苦心して　何にもならない時より
ずーっと楽しく　しっかり進む

でも　子どもたちは　先生―――って　いってくれる
子どもたちの力を信じて
任せて　じっと待って
ずっと笑顔で見続けて

おー　できたー　とバカに　大はしゃぎして

へへへー　と笑う子ども

けんさんは　この典型のような人だが
やっぱり　お母さんの　教育の力かなー

5W1H

工事のおじさんシリーズでいろいろ話している間

フェンス越しに見ていた　けんさんが
「いませんね」
だれが？
「工事のおじさん」
どうして？
「もう　終わった」
なにが　おわったの？
「工事」

なんと　どうして　何が　まで　こたえるようになったのだ
うれしー
というか　びっくりー

工事のおじさん

学校で　工事が始まって　あちこち　通りにくくなって
回り道をしたり
私たちにとっては　ハー　めんどくせー　と思うが
子どもたちには　珍しい工事現場が
毎日見られる
何か変な車が来て
おじさんたちが　何かしていると
いつのまにか　何かできあがっている
子どもたちにとっては　魔法かな？

けんさんは２階の窓から
工事のおじさんを見るのが日課になった

バスから降りて　まず一言
「工事のおじさんは？」
おはようございます
ん！「おはようございます」
はい　いいですね
周りの先生たちにも　おはよーございます
ところが　これが　まちまちなんだなー
けんさんは　好き嫌いが　激しいので
パスする先生が　結構いて
私としては　一緒に歩いて　ひやひやする

みんなにいってくれー

やだ

教室まで歩く間　フェンスの　すきまから
のぞいて
おじさんいるかなー
「いるよー」
えー　今日　きてないよー
「いるよー」
「いたもん」
そー？
教室に上がって
窓から

「工事のおじさんいないねー」
うーん　いない
二人で外を眺めて
いるとか　いないとか　毎日の日課だ

このころ　彼は　ことばが　巧みになっていた
考えてみると
ビーズ通しがうまくなったり
嫉妬を表に出したり
友達ができて　仲良く　けんかして
周りをよく見て
ことばが出るようになって

なんか　一気に駆け上がった気がする

絵　本

朝　着替えて　キーボードの自動演奏を聞いて
それから「本を読んでください」と
持ってくるようになった

はじめなんだろうと思っていたら
いすを二つ並べて
本を取って
私のところに来て
本を読んでくださいと手を引く

はいはい　青だねー　うみだねー
これ　けんさん？
「ちがう」
これ
「赤　ポストー」
そうだねー

絵本は　そのものを見るだけでは　つまんない
赤だねー　消防車　ピーポーピーポー
「ちがう」
じゃ　パーポーパーポー
「ちがうよ　ウーウーウー」
うーん　そうだね
赤から　物へ　物から　音へ
一冊の本から　けんさんの世界が広がっていく

食いしん坊のけんさん

食いしん坊のけんさんは
給食のおかずに入っている
にんじん　ピーマン　トマト……
などの　たくさんの単語を知っている

ところが　絵カードなどで
丸のままのピーマンなどを見ると
？？？になる
そうか　調理された物しか見てないから
こうなるんだ

また一つ
けんさんと　やんなきゃ　いけない　課題が見つかった
こうやって　ひとつひとつ進めていくと
二人していっしょうけんめい
毎日が　たのしい

ことばが出始めると

もう一人の先生が　友達にかかりっきりになっていると
「自分で食べなさい　さいとうさん」

な……なんと

ご飯を食べるとき
あつめたろか
と手を出すと
「しないで」と言い
時が来たら
「お願いします」という
勝手にしろ　と　プイッと　すると
涙を浮かべる

登校したとき　バスをおりて
教室に行こう　といえば
手をつないで「おはよーございます」と言ってまわり
先生がのんびりしていると
「はやくきて」という

工事のおじさんのことを話そうよ
と　さそう　けんさんを無視すると
「つまむ」といって　涙ぐんで　つまんだ

「絵本を読んでください」と　いすをセッティングし

危ないと思うときや　疲れたとき以外は
手をつないで　とも　言わない

でも　座っているとき　私の肩に頭を乗せている
自立と甘えたいの　はざま

いっぱい甘えないと自立できないよ
ことばと心の成長
けんさん……たのしもうね

うんこパンツ

朝　学校に着いて　着替える
パタンパタンたたみは　できるし
着替え入れに　入れることもする

ン————うんこのにおい
けんさん　ちょっと　おしりみせて
うわっ
おしりふいたの？

だまって　悲しそうにしている
学園にいるけんさんは　朝の出発は
大忙しなのだ

一人でトイレに行って
そのまま　でてきたんだね
けんさん　悪くないよ
でも　拭く練習もしなくちゃね

と　パンツを洗って　干してあると
ほかの先生が来て
あらー　パンツ　どうしたのー
と　わざと聞かれて　じーっと　している

けんさん　からかわれているだけだよ

けんさんのママ

けんさんはママが大好き
マーブリングで　はがきを作ったときも
運動会の練習の時も
「ママ　ママ……」

ママに手紙出すの？
「うん」
じゃ　げんき？　って書いて出そうね
運動会　ママ　来てくれるといいね
「うん」

運動会や　発表会には　必ず
パパが　来てくれる
うれしいやら　ちょっとてれるやら
でも　休みの間　家に帰っていると
とても　おちついて　楽しんでいるらしい

やっぱり　お母さんの存在って　大きいね

けんさんが教えてくれた

けんさんは　いたずら好きで……
じゃなくて
いっぱい話したくて
かまってほしくて
見ていてほしくて
スキンシップいっぱいで……

ただ　そんだけだったのだ
話すのも上手になり
ことばが増えて

工事のおじさんがんばってー　とか
自分で食べなさい　とか
いすを準備して　本を読んでください　とか
相手の側にたった心の深まりが見えてきた

やる気？　がんばれ？　目標？
そんなものは　心が深まった結果
興味がわいて　つながっていくものだ
与えるもの　引っ張り出すものじゃない

コミュニケーションって
相手の心がわかること　なのかな？
けんさん　どう？

V

場面緘黙の子　イメージの世界

全く世間との関係を断っていた少年が、周囲に入り込んでいく悩みや喜びを感じてください
何も話さない、つながりをもたないのではなく、自分のイメージの世界ではいっぱい遊んで、たのしんでいたりするのかも、彼の変化、存在は私にとってとても大きな意味がありました。

ロンは話さない

ロンは場面緘黙という診断で私たちの学校にやってきた
入学の面接の時も　ほとんど話さず
面接者は
こりゃ　たいへんだ
とおもったそうな

おーい　ローン
「何ですかそれ」
君いつも一人でいるだろ
ロンリー
だからロン
「そんなの　かってに決めないでくださいよ」
「どうでもいいじゃないですか」

おや　話すんだね
「必要ないことは　話しません」

うーん

ロンとあったとき
本当にしゃべらないというか
「別に何もありません」
と言うだけで

挨拶も黙礼？（してたかな？）

なにいっても　うーも　すーも　言わない

ねー　ロン　今までどうやってたの？
「ホワイトボードもって　書いて　用件だけ伝えてました」

ヒェー　で　何も話さないのか

ロンが言うには　小２の時
先生だったか　友達だったか
いじめられたか　何かで
もう話すもんか　と思い
それっきり　話したことはない　と　はっきりいった

それはそれで　すごい
彼の場合　知能検査をすると
驚くほどの記憶力があり
私よりすごいじゃん
試験官になんねーな　と話していた

しかし
知能テスト後半になると
知識問題になる

「ああ　これだめですよ」

なぜ

「だって　小２から勉強してないもん」

はーずいぶんはっきりした　お答え

そーなのである　知識問題以外は
普通の大人以上に　短期記憶力もある
ただ　お勉強の内容になると　苦手で
本人が　誰より　それを　自覚している

私にとって人的関係とは何かを考えさせられる機会になった

ロンは一人前の高校生なのだ

ロンに　中学の時の先生が　会いに来た
ロンは　憮然として　はいはい　とだけ　答えていた

ねえ　なんで話さないの
「嫌いなんです」
なにがよ　やさしそうじゃない
「ちがうんですよ」

中野くんは　上手よねー　大丈夫よねー　とか
「ガキじゃないっていうのに　ガキに言うみたいに……」
「あれ　いやですよねー」

まあ　たしかに　君の言うとおりだ

「それに　中学の頃って　コピーの手伝いとか　ばっか」

そりゃ　おめえが勉強したくねーって態度だったんじゃねえの？

「そりゃ　そうかも……」
まあ　どっちもどっちかな？

ロンは絵の天才だった

とはいっても　キャラクターの絵がやたらうまくて
自分の思った構図で　描けるのだ

が　美術で求めるような
人物とか　何かは　なーんか　別人かよって

ロン　まあさ　キャラクターでいいから
作品として　教室にはろうか
「いやです」
どーしても？……押し問答５分

わかった　じゃ　飾んなくていい

中学以来
先生など周囲に対して拒否状態であったし
私自身彼の心をとらえるのに苦しんでいた

ともかく　ロンは　絵を描くのが好きで
人に見せるのは恥ずかしいけど
描くのは好きだということはわかった

はずかしいといえば　ロンは　皮膚炎があったので
短い服をいやがった
とてもかゆいのだ
ステロイド系を使うのは良くないけど

仕方ないといっていた

ロンが　この皮膚炎で　水泳をいやがっていたのが
話すきっかけになったのかもしれない

「泳ぎたくありません　脱ぐのもいやです」
とにかく　頑固
ふーん　とは　言ってみたが
あまりにかたくなな様子に
おめー　自分が嫌だっつったら
なんでも　そーねーで　とおるとでも思ってんのか！
押し問答……

「先生の言ってる意味がわかりませんが」

くっそー　冷静やんけ　これじゃ　逆やんけ

で　無理矢理着替えさせて
プールに行ったものの
カルキが　たーっぷりはいっていて　プール中　カルキ臭

おー　死ぬー
そのとき思った
ローン　カルキって　皮膚によくねえんじゃねえの？
「かゆくなるんですよー」
だろーなー
やめっか
「はい」

やめよ　なーにも　皮膚いじめてまで
水泳なんかせんでもええわい
と　シャワーをさっと浴びて
水泳をした気分で　やーめた

このとき思った
この子　当たり前のこと言ってる
私は　強制している　それなんなの
ロンのため？　では　けっしてない　と……

まあ　そうこうするうちに
ちょっと　プールに　入ってくれるようになった
やあ　まあ　むりすんなや
「でも　泳ぐの苦手」
そりゃ　いままで　泳いでないでしょ
ちなみに　私も　水泳嫌い
だから　何も強制しない
というより　できない
自分ができもしないこと
お・し・え・る　なんてできるわけがない
というわけで
二人して　適当にプールサイドで　泳ぐふり

いいのかなー

ロンは〇〇コンですか？

何を聞いても
「何もありません」
「別にどうでもいいじゃないですか」
「ほっといてください」

は――それで　小３から中３まで過ごしてきたの

ねえ　お母さんとは　話すの？
「はい」
お父さんは？
「お父さんは　遠くで働いているし　ときどきしか　帰ってこないけど……」
「厳しくて　あまり　話しません」

はー　じゃ　ロンは　おかあさんに　ベッタリ甘えんだ

「なにいってんですか！」

ローマ字日記

彼はずーっと教室にいて　ほとんど出かけない
ある時期　クラスの一人の女の子が
ロンに　近寄ったり　じっと見つめたりするようになった

そこで　宿題を出した。
> ぼくは　彼女に　毎日見つめられている
> ときどき　視線が合う
> 今日は　近づいてきた
> ちょっと気になる

なんて感じで彼の思いの逆を書いてみた
ほんとうはいやで　どーにかしてと思っているのだ

ローマ字にしてきてね　と知らんふりして渡した

翌日
なんですか　あれ
ぼくは"めーわく"してるんですよ
と　ノートのはしに書いていながら
しっかり　宿題はしていた

おー　書きたくもないものを書いて
へっへー　楽しかったろ

「楽しいわけないじゃないですか！」

とからかったり
学校祭があって　いままでの　製品を販売するのだが
彼にとって　接客　売り子なんて
冗談じゃないというくらい　きらいだ

ところが　いつも氷のようなことばを浴びせる先生が
そのときは　優しく　後ろでハーブティを　入れる役でいい
といってくれたらしい

彼はほっとして
お茶入れに専念していたが
そのとき　別の先生と話していた
本当は　彼はこの先生も苦手なのだ

でも　ローマ字練習には

> にこやかに二人で話しているねー
> と　担任に言われた
> そんなんじゃねえよ

と書いてみたところ　　ちがーう
にこやかには
そんなんじゃねえよには　　そうです
　　　　　　　　　　　　そんなんじゃないです

と吹き出しコメントが入ってくるようになった
このころから　会話につながってきた

きっかけ

日記を書いて　国語や数学の宿題をしていたが
お父さんが　ワープロぐらい打てるようになれ
ローマ字入力だから　ローマ字を覚えろ
といったとかで　ローマ字を書くことにした
でも　ローマ字で　あ　い　う……
なんてかいたって何も楽しくない

第一　彼は　日記に
今日も何もありませんでした
ばっかり書いて　日記になっていない

今日　一日を　よーく　考えたり　大切に過ごせば
何もないってことはないよ……というけど

「何もありません」

くっそー　じゃあ　おめえの日記を　おれが書いてやる
それを　ローマ字にしてこい

日記の中のキャラたち

ロンを　からかいながら　ローマ字日記を書いていたら
得意の絵と（漫画調）吹き出しをつけるようになった

それに　キャラにキャラクター名をつけてきた
これが　的を射ていて
私は　ひげたぬき
ほかの先生は　雪女　ノリノリノリサ　ソプラノハム女王
チクチクチクリー
友達の一人は　ぽち……

彼の想像の世界は楽しく
意外と明るい
健全な　15歳の少年だったのだ

この　ソプラノハム女王のオバハン帝国と
ひげたぬきのバカさ加減と
ノリノリノリサのバニーフラッシュ攻撃を
漫画にして楽しんでいた
お見せしたいが　著作権がある　（はははー）

ローマ字宿題と日記

何もありませんと　一行日記を書いていたロンは
バニーフラッシュのころからA4　45行くらいに
ちまちまと　ロン字　という　担任しか読めない字で
表から裏まで書いたりするようになった

ほとんど　その日1日の周囲の出来事を
彼なりに解釈した周囲の交換日記みたいだったが……

よく話すようにもなった
学校のこと　作業の様子
何よりも　彼が　周囲を見て　感じたこと……
いっしょに作業している友だちのぽちに
おヨーフが　収穫したハーブを
「ぽちのかごに入れたい」と言ったら
「ロンのかごに入れたら？」と言われ
「いや　ぽちがいい……ぽちが好き！」

「わー　なにそれ　ホモ？　……ホモってゲイですか？」
なんて　先生との会話や友達との会話が書けるようになり
感情表現が表れてきた

水墨画

私は水墨画や鉛筆画などが好きだが
ロンも絵が得意そうなので
昼休みに　よく絵を描いて遊んだ
へ————　　ホ————　と言いつつ
水で薄く描いてね
少しずつ墨を　のせていってねー
筆を割るように　さっと　ひいてみたりねー
と言っていると
「ぼくも描いていいですか」
いいともー　はい　紙　はい　筆
なんぼでもあるよー
と　昼休みは絵を描いていた

はじめは　ドボッと描いて
「やっぱ　だめですねー」
と　あきらめかけたので
うすく　うすく　と見えないくらいにして
ここに墨をのせて……と一緒に同じ物を描いて
ほー　できたー

ときには　二日がかりで描くようになった

先生　馬描いてください
鳥描いてください……

ううう……動物は苦手だ
骨格標本をスケッチしたものは描けるが
鳥は骨格と姿があまり関係ない
鳥は特に苦手だ
馬は躍動感がでない
猫や犬は漫画チックになってしまう

ロンは　リアルさを求める点もあるが
実は　私の苦手を知ってるのだ
知ってて　からかって　楽しんでいるのだ
「これ　鳥？」
「うーん　見えませんね」
「あひる？　ニワトリ？　すずめ？」
「うーん　なんでしょうね」

描いてる本人が苦しんでいるのを見て
「ぼくは　鷲がいいです　鷲　鷹　を描いてください」

きゃー　一番むずかしいでしょう
で　描くと
「わー　にわとりだー」
ちがーう
でも　どうすりゃ　鷲・鷹になるんだ？
「くちばしが違うんじゃないですか」
そーかー
「ペリカンじゃん」
うーん　首かな
うーん　目かな

結局　目の位置だったんだけど

やっぱり　鷲・鷹は無理じゃ　と言うと
「先生も描けないですね──」
ニヤッ

なめとるやろ　悪ガキ　くっそー
先生をいじめるなー

学校祭

学校祭の中で展示がある
決して自分の作品を
外に飾るなんてしなかった　ロンが
キキョウの絵を仕上げた

おー　こりゃいいじゃん
「なんか　いいですね」
"てれっ"
かあちゃんに見せてみな
と　持って帰らせると
ほんとうに　あんた描いたの？　って……

憮然としていたらしい
いいじゃん　それだけ　うまく描けたってことよ
「うーん」
あのさ　これ　展示に出さない？
「いやですよ」
だめ　出す
出さないなら　今まで　一緒に描いた分　かえせ
「そりゃないですよ」
「いやだなー」
と　ロンがしぶっていたら
周りの先生がやりとりを聞きつけて
集まって　すげー
を　連呼してくれた

以前の彼なら　こんな騒ぎはきらいなのだが
彼の中で何か変わっていた
ちょっと　嬉しそうに　"へへっ"
飾るぞー　とみんな言うので
はあー　としぶしぶ　承諾

そこで　額を買ってもいいけど
ここまで　がんばったから　額も作ろうといって
竹切りに行った

水彩画へ

「水墨画もいいけど　じじくさいですねー」
そうねー　ちょいとじみねー
やっぱ色がいいねー
じゃ　水彩画にすっか

水彩画にしてみたが
案外　水彩画は陰影が難しいので
う──むずかしい
またまた　二人して　うーん

うーん　うまくいった？
「だめですねー」
と　二人で見せ合って
だめですねー　と二人で
「ここ変！　変ですよー」
といじめあいをして

こんなふうに色をのせると薄いから濃くなるよ
と　ちょいとした技を見つけ　描いているうちに
だんだん　はまってきた

額　展示　竹細工

障害児はいろんな意味で経験が少ない
額を作ろうと言っても　……どんなもん？
というので　一番簡単な物を作るよ

二人で山に入った
竹山　はいったことある？
「ありますよ」
竹きったことは？
「ないです」
んじゃ　きるべ
のこもっていくか　なたもっていくか
「なたってなんですか」
これ　"は——"　みたことあっか
「あります」
まあ　のこで　きろうかね
山に入って　適当なやつを見つけて
ほれ　きってみ
え　どうすんですか
のこぎりは　ひくんだよ
「そりゃ　わかりますけど」

やれやれと　半分くらいきって
はい　パス
「今みたいにするんですよね」
そーよー　でも　途中　気をつけてねー

Ⅴ　場面緘黙の子　イメージの世界

ギコギコ
はい　反対から切ってー
「なぜですか？」
割れちゃうから
うーん　じゃやってみ
そのまま切っていると　竹が倒れ　裂けて　ぱきぱきー
おー　だからいったでしょ
「割れますね　どうしよう」
こっちから押すから　反対から切ってね
「はい」
ギコギコ　よーし　きれた
ひくぞー　それー
「これ　はこぶんですか？」
そりゃ　そうでしょ
ここじゃできないもん
竹を引き上げるなんて　はじめてだろーなー

とにかく　竹を　引き上げ
今度はどうすんの？
「どうしたらいいですか？」
ちったあ　考えろ
憮然　知るわけないじゃんといった顔

額作るんだから　色紙の長さに切る
その前に　竹を　適当な長さに切って
なたで割る

そんなじたばたしてたら

農業の先生が来て
なにやってんだ？
額の竹切り
おー　中野くん　初めて来たね
沈黙　うなずく
まだ　やっぱ　話しにくいかなー
さすが　農業の先生　登場で　パッパと素材にしてくれた
「ありがとうございます」
おー　しゃべった

あとはいろいろ細工して
色紙を挟んで
できあがり

印も押したらいいねと
印を押して　飾ると作品らしく栄えた
ローン　いいねー
「えへっ　いいですかー　やっぱはずかしいですよー」
「やっぱ　やめましょ」
みんなで　ダメー

"はーー"　でもまんざらでもない様子
このころ　朝　登校すると
遠いけど　先生達に「お早うございます」
と言うようになっていた
先生達みんなが　彼の変化に　気づいてくれていた
それだけみていてくれたんだ

た こ

せっかく　竹を切ったので　たこをつくろうと
竹を　細かく裂いて　ひごを作ることにした

刃物を押すんじゃなくて
竹を引くんだよ

「うー　ひけない」

角度が急だと　切れちゃうよ
角度を変えてごらん

「お──」
だんだん　すっすっと薄くきれるようになると
楽しそうだった

何でも　はじめはうまくいかず　やめたくなるが
うまくなると　楽しくなる

心が動き始める

たけひごまでできて　たこを作った
「飛びますかねー」　ニヤッ
やなやっちゃなー　飛ばんとおもってるやろ
外にいくべ
と　自信満々　行ったのだが

なんと　バランス悪く　くるくる　ドーン
ロン　大喜び
「飛ばないじゃないですかー　だめですねー」

なーに　嬉しそうに　得意気になってんだよ
こうなると　二人とも　意地になる
よーし　修理だ

「無理だと思うなー」
うるせー

その後　修理　調整して　明日を待った
おーい　ロン　風が出てきた　いくべ
「だいじょうぶですかー　また　くるくるですよー」ニヤッ
ほんとにやなやっちゃなー

それー
たこがあがった
「おー　あがったー　くそー」
なにがくそーじゃ　飛ぶいうたやろが
「でも　しっかり飛んでますよ　くやしいなー」
へへー　おれのかちー
と　二人で遊んでいたら
連凧を作ったクラスがあって　うまくあがんない

これを先につけたら飛びますよー
じゃ　と　つけてみると
ぴゅーと連凧は揚がっていった

揚がったのは　いいけど　あまりにとびすぎて
糸が　ぶちっ
さよーならー

「先生　せっかくのたこ　残念でしたね」
ぜんぜん残念ねって感じじゃない
いじめか　おまえ
くっそー　おれのたこー

こうやって１年過ぎ　２・３年と別のクラスになったが
ロンは　放課後農作業に来るようになった
彼が　ぽちと呼ぶ友達は　１年の頃から来ていて
僕もいこーかなー　となったらしい
農業の先生とも話せるようになり
はじめ教室で着替えをしていたが
だんだん　なれて　農業控え室で　ぽち君と　一緒に着替え
「ありがとうございました　さようなら」と
挨拶して帰るようになった

作業は　元々一人前の高校生なので　不自由はなかったが
友達もでき　先生たちとも話せるようになった
みんなで包み込むって　大切だな

イメージの世界

ロンは場面緘黙で　しゃべらないと　心に決め
しゃべらない生活をしていた
しかし　彼の　頭の中には　友だちと一緒に遊んだり
一緒に行動したり　イメージの中で
楽しんでいたのではないかと思う

心を縛り付けていた鎖が解けるとき
ことばが発せられ　人間関係が　再構築される
そのことが　さらに　ことばの世界を広げ
心を広げていくのかな

私がロンたちの担任になった頃
私はとても落ち込んでいた
そんなとき彼とクラスのみんなと会えた
彼らのおかげで　私は明るくなった……自分を取り戻せた
ロンの変化が　私を　立ち直らせてくれた

ロン　君がいなかったら　私は　どうなっていたかな？

……ありがとう……

あとがき

　私が学校に勤め始めた頃、頭の中はテストの点数が気になっていました。子どもたちへ規律を守らせることが大事でした。
　しかし何年か経つうちに何か違う気がしてきたのです。
　子どもたちは成長過程にありますから、当然未熟ですが、その分鋭い目と感覚をもって私たち大人を見ています。
　そのことに気づかされ、話していくうちに教えられ、自分が随分変わってきたような気がします。
　卒業した子どもたちはそれぞれ施設利用という形で家から通ったり就職したりします。
　事業主さんのご理解のもと、一生懸命働いてがんばっているという姿に出会えることは本当に嬉しい限りです。
　施設に通っている子どもたちのお母さん方には、学校に通っていた時のように連絡を取り合う事も少なくなり、会えたらいいねーとおっしゃる方が多いようです。我が子と、今日一日を必死に過ごしているという現実があります。
　でもお母さんはいずれ老いていきます。この本に何回か書きましたが、お母さんが安心できない、笑顔になれない状態は子どもたちにとってとても不安です。そのことで彼らの今後について不安はつのる一方ですが、私たちに何かできる事はないか、"今"模索中です。
　この本を書くにあたり、何回にもわたり手を加えたり励ましてくださった文芸社の方々に感謝申し上げます。

著者プロフィール
王 たろう（わん たろう）

昭和36年鹿児島県生まれ。
本書が初の著作となる。

言葉にならない心

2009年11月15日　初版第1刷発行

著　者　　王 たろう
発行者　　瓜谷 綱延
発行所　　株式会社文芸社
　　　　　〒160-0022　東京都新宿区新宿1－10－1
　　　　　　　　電話　03-5369-3060（編集）
　　　　　　　　　　　03-5369-2299（販売）

印刷所　　図書印刷株式会社

©Tarou Wan 2009 Printed in Japan
乱丁本・落丁本はお手数ですが小社販売部宛にお送りください。
送料小社負担にてお取り替えいたします。
ISBN978-4-286-07857-1